Annemarie in der Au

Das Jesuskind in Ostpreußen

Eine heitere Legende

Husum

Umschlagbild: Dimitri Prokofieff, „Heimkehr von der Jagd“
(Mit freundlicher Erlaubnis des Dr. Wolfgang Schwarze Verlages
dem Kalender „Ostpreußen und seine Maler 1982“ entnommen)

CIP-Titelaufnahme der Deutschen Bibliothek

Au, Annemarie in der:
Das Jesuskind in Ostpreussen : e. heitere Legende / Annemarie
in der Au. – 2. Aufl. – Husum : Husum Druck- und Verlagsges., 1988
(Husum-Taschenbuch)
ISBN 3-88042-387-3

2. Auflage 1988

Satz: Fotosatz Husum GmbH
Druck und Verarbeitung: Husum Druck- und Verlagsgesellschaft
Postfach 1480, D-2250 Husum
ISBN 3-88042-387-3

Als das Jesuskind als erstes Licht der Welt die recht trübe Ölfunzel im Stall von Bethlehem begrüßt hatte und nun – seiner Friedenssendung in dieser Welt bereits bewußt – ganz brav im wärmenden Stroh der Krippe lag, während Mutter Maria ermattet eingeschlafen und auch Vater Josef ein bißchen eingenickt war, da also dachte sich das kleine Jesuskind: es müsse doch herrlich sein, in dieser ersten Erdennacht alle die Länder besuchen zu können, die sich ein paar unbedeutende Hundertjährchen später ausdrücklich seinem Namen unterstellen würden.

Der Erzengel Gabriel hatte gerade die Wache vor dem großen Himmelstor, als dieser Gedanke des Jesuskindes durch die Sternennacht geflogen kam und mit kindlichem Ungestüm Einlaß ins Allerhöchste begehrte.

Erzengel Gabriel war natürlich torwächtermäßig entsetzt darüber. Da aber der Gedanke einmal von Gottes eigenem Sohn gesendet, zum anderen Gabriel für jenen Teil der Erde zuständig war, in dem Bethlehem und in ihm also nun auch das Jesuskind zu existieren geruhten, so versäumte Gabriel es nicht, Gottvater höchstpersönlich sofort von dieser Ungewöhnlichkeit Nachricht zu geben. Selbstverständlich vergaß Gabriel ebenfalls nicht, vorsichtshalber seinen Kopf mit den langen dunklen Locken ausgiebig zu schütteln. Gottvater jedoch fand den Gedanken seines kleinen Sohnes gar nicht so komisch wie der Erzengel Gabriel. Nein, er fand ihn sogar ausnehmend klug und weitsichtig. Und so gab Gottvater den Befehl, die Wünsche seines Sohnes zu erfüllen. Er ist genauso in seinen Sohn verliebt wie alle Väter, dachte Gabriel respektlos von seinem Herrn. Er sagte das natürlich nicht laut. Er schüttelte nur noch einmal ausgiebig seinen Kopf. Was Gottvater aber nun eigens erlaubt hatte, dagegen konnte auch ein Erzengel trotz allen besseren Wissens nichts machen. –

Als das Jesuskind die Erfüllung seines Gedankens von Erzengel Gabriel persönlich erfuhr, lächelte es und spielte mit seinen Fingerchen. Bohrte sein winziges großes Zehchen in den kleinen Mund und entdeckte, daß es so am besten nachdenken könne.

Ich werde zuerst gen Norden gehen, Gabriel, sagte es endlich und lächelte dabei wieder so süß, daß der Erzengel Gabriel einfach alle seine Einwände dagegen von vornherein dahinschmelzen fühlte. Nicht nur das, er fühlte sich sogar fast gegen seinen Willen veranlaßt, dem kleinen Kind schon ungebeten zu allerbestem Gefallen zu sein.

So sorgte Gabriel dafür, daß das Jesuskind dem Erzengel Michael übergeben wurde, dem der weltliche Norden unterstand, und daß Gottvater jede irdische Stunde dieser Nacht dem Jesuskind zu einem vollen Tag werden ließ. Letzteres sollte dem Jesuskind die nötige Muße zu seiner weiten Reise geben. Es sollte zudem damit ein längeres Fernbleiben aus dem Stall von Bethlehem unbesehen bleiben, zumal ja die Heiligen Drei Könige schon für den nächsten Tag angesagt worden waren.

Natürlich mußten auch die Mutter Maria und Vater Josef mit auf die Reise. Wenn auch die ersten Stallbesucher und die späteren Chronisten behaupteten, daß sie das Jesuskind sowie Maria und Josef diese Nacht im Stalle zu Bethlehem schlafend gesehen hätten, so ist es doch nicht an dem gewesen. Jedenfalls nicht für alle Augenblicke. Gottvater hatte ihre Sinne so mit Freude über die hohe Geburt seines Sohnes verwirrt, daß sie eben dieses göttliche Wesen zu jeder Stunde der Nacht mit Augen und Ohren wahrzunehmen glaubten und zwischendurch in seligstem Schlummer blieben.

Der Erzengel Michael hatte die schlafende Maria und den träumenden Josef in seinem weiten Mantel wohl und sicher untergebracht, bettete das Jesuskind in seine Arme und flog mit ihnen davon.

Es ging zuerst über eine weite Wüste, dann über ein Meer und schließlich zu großen Bergen.

Möchtest du hier deinen ersten Aufenthalt machen? fragte Erzengel Michael.

Das Jesuskind schüttelte stumm das Köpfchen. Es wollte nichts in der Welt von obenherab sehen. Es wollte in den Niederungen mitten unter den Menschen sein. So flogen sie weiter. Schau, da unten! Ist das Land nicht herrlich?

fragte Michael nach einer Weile wieder. Und er setzte zu einem kleinen Sturzflug an, um unter die Wolkendecke zu kommen, die sich ausgerechnet zu dieser Minute wieder einmal über diesem Land zusammenzog.

Ist das nicht ein herrliches Land? Erzengel Michael redete sich sofort in eine feurige Begeisterung hinein, um das Jesuskind zu einer Rast zu bewegen. Man muß Michael schon verstehen. Sie befanden sich nun gerade über Germania, und der Erzengel wußte, daß er eines Tages unter dem Namen Michel das Symbol dieses Landstriches sein würde. Das erfüllte ihn schon jetzt mit Stolz und Zuneigung für dieses Land bis über die Nasenspitze hinweg.

Das Jesuskind kicherte heimlich, denn ihm war das alles ebenfalls sehr wohl bekannt. Aber es schüttelte den Kopf. Nein, so begreiflich die Wünsche Michaels waren, das Jesuskind wollte noch ein bißchen weiter in den Norden hinauf.

Erzengel Michael wurde traurig. Gewiß, Gottvater lächelte auch immer ein wenig, wenn er vor ihm von seinem Land zu schwärmen begann. Gottvater mußten schließlich alle Teile seiner Erde gleich lieb sein. Doch nie war er dabei so abweisend gewesen, wie es sich jetzt diese kleine Rotznase von Sohn zu sein erlaubte!

Das Jesuskind spürte die Mißstimmung, und der Erzengel tat ihm leid. Darum sagte es schnell: Das Land ist wirklich sehr schön, Michael, und ich bin sicher, daß es mir ausnehmend gefallen würde. Aber sieh mal, ich bin ja nicht auf einer beliebigen Vergnügungsreise, sondern sozusagen auf einer Erforschungstour. Hier werden die Menschen schon bald von mir hören. Jedenfalls um viele, viele Jahre eher als alle anderen. Darum möchte ich noch weiter.

Als Michael immer noch nicht von seiner übergroßen Traurigkeit ablassen wollte, gab das Jesuskind seufzend nach: Ich kann einfach nicht mitansehen, wenn jemand traurig ist. Warum, glaubst du wohl, hat mich mein Vater in die Welt geschickt? Doch nur, um alle, die mit mir in Berührung kommen, glücklich zu machen. Und du bist traurig! Du bereitest mir einen schönen Anfang, weißt du! – Also gut, meinetwegen rasten wir in deinem Land. Aber nur unter einer Bedingung: du mußt mit mir in den nordöstlichen Zipfel fliegen, der zu deinem Lieblingsgebiet gehört. Und natürlich zu einem Stall, damit ...

Die letzten Worte des Jesuskindes flatterten ungehört in dem Freudenjauchzer davon, den Michael ausstieß. Dazu machte er im wahrsten Sinne des Wortes einen Luftsprung. Und wenn er sich nicht noch im letzten Augenblick vor den vielen kleinen Engeln geschämt hätte, die ihnen folgten, wer weiß, ob er nicht gar noch einen Purzelbaum in der Luft geschlagen hätte.

Im schnellen Flug waren sie schon über Ostpreußen. Erzengel Michael strahlte so sehr vor Freude über seine gelungene Überredungskunst, daß von ihm ein heller Schein ausging. Groß genug, das Land unter ihnen im leuchtendsten Licht erscheinen zu lassen.

Michael wagte noch einmal, das inzwischen müde gewordene Jesuskind wach zu halten: Du hast mit deinem weisen Befehl eine kluge Entscheidung getroffen. Kein anderer Teil meines Landes – er sagte von Germanien immer gerne: mein Land –, kein anderer Teil meines Landes ist so wunderbar, so fast unirdisch schön, daß man vor Ergriffenheit in Tränen ausbrechen möchte, wie sein nordöstlicher Zipfel, Ostpreußen genannt.

Weißt du, fuhr Michael schnell fort, als das Jesuskind sein Stirnchen runzelte und die Lippen verzog, dieses Land ist wie ein Stück der paradiesischen Ewigkeit. Schau nur! Der Schnee, der jetzt über ihm liegt, ist rein wie die Ewigkeit. Die Flüsse und Seen steigen wie aus der Unergründlichkeit der Ewigkeit. Der weiße feine Sand der Nehrung leuchtet hell wie die Verheißung der Ewigkeit. Und die Wälder schweigen wie sie. – Überhaupt: mit den Wäldern hat Gottvater hier sein Meisterwerk hingesetzt. Das wirst du zugeben müssen. Sieh doch diese großartige Mischung aus Geheimnisdunkel und Lieblichkeit, von asketischer Strenge und Üppigkeit. Das gibt es nirgendwo sonst in der Welt. – Und in Sand, Fluß, See und Wald lauschen die Menschen dieses Landes hinein, wie zu einem Gespräch mit deinem Vater.

Ich wollte eigentlich noch nicht so schnell in die Ewigkeit eingehen, scherzte das Jesuskind.

Es ist natürlich nur eine irdische Vorstellung von der Ewigkeit, keine himmlische, beeilte sich der Erzengel mit seiner Versicherung. Er fürchtete, das Jesuskind könne doch wieder anderen Sinnes werden.

Aber das Jesuskind nickte Michael freundlich zu.

Soll ich an der See landen oder im Sand der Nehrung oder ... Laß mich den Wald sehen, bat das Jesuskind. Sand werde ich in meinem kurzen Dasein genug erleben. Die Wüste, in der ich vierzig Tage verbringen muß, ist so trostlos groß. Natürlich ist der Wüstensand längst nicht der Sand der Nehrung, aber immerhin doch Sand. Auch vom Wasser werde ich genug haben. Denke daran, daß ich sogar auf dem Wasser wandeln muß. Aber Wälder – – Wälder – – Ich möchte einmal in meinem Leben den Wald sehen.

Jetzt hatte das Jesuskind wahrhaftig ganz sehnsüchtige Augen bekommen. Und obwohl es sie schnell schloß, damit es niemand bemerken sollte, hatte Erzengel Michael es doch gesehen. Ganz hingerissen davon, preßte er das Jesuskind an sich, ehe er die letzten Bogen flog, um einen geeigneten Platz zu suchen.

So also kam das Jesuskind nach Ostpreußen.

☆

Der Erzengel landete nun elegant und schnell in einer Waldlichtung genau vor einem Waldhüterhäuschen, dessen Türen weit offenstanden, damit die Tiere des Waldes in ihm in der schlimmsten Wintersnot ein Obdach finden konnten.

Im Winter war das Waldhüterhäuschen von den Menschen verlassen. Sie besuchten es nur gelegentlich, um den Rehen, Hirschen und Hasen und nicht zu vergessen den Vögeln Heu, Kastanien, Rüben und Körner bereitzulegen. Manchmal vergaßen sie es wohl auch oder kamen nicht – wie sie meinten – durch die riesigen Schneeberge hindurch. Dann wurde die Wintersnot unter den Tieren groß.

Doch zu dieser Stunde war alles wohl gefüllt und bestens bestellt. Gottvater hatte sie gewiß wieder einmal rechtzeitig zwischen Frühling und Sommer ein wenig hungern lassen, damit sie an andere Hungernde zu denken wußten, wenn es notwendig war, stellte Erzengel Michael mit Genugtuung fest, während er das eingeschlummerte Jesuskind in die reich mit Heu gefüllte Krippe legte und Maria und Josef behutsam und ohne ihren Schlaf zu stören sanft ins umherliegende Stroh bettete. – Übrigens muß an dieser Stelle gesagt werden, daß nicht mehr genau zu erforschen ist, in welchem Teil Ostpreußens das Waldhüterhäuschen gestanden hat. Überall, wo es Wald gab, kann behauptet werden, es sei hier und nirgendwo anders gewesen. Aber, wo gab es in Ostpreußen keinen Wald! –

Nach und nach waren über dem Wald auch all die kleinen Engel eingetroffen, die Gottvater ins Gefolge des Erzengels beordert hatte. Bis das letzte Engelchen angekommen, hatten sich die ersten noch schnell und ganz unprogrammäßig in der klaren Winterluft mit Haschen vergnügt. Aber dann hatte der Oberengel in sein kleines goldenes Horn gestoßen, und die Menge der himmlischen Heerscharen machte den eleganten Sturzflug des Erzengels zur Waldlichtung nach.

Ja, geübt ist geübt, wollte gerade der Oberengel stolz verkünden, als ausgerechnet er auf einem vorwitzigen Tannenast statt korrekt in Formation vor der Hütte landete. Der Tannenast, verwundert über diese plötzliche Belastung, wippte in die Tiefe und dann wieder in die Höhe und warf dadurch den Oberengel wie eine Feder hoch, fing ihn auf, warf ihn wieder hoch – – der Tannenast fand augenscheinlich Vergnügen an dem Spiel.

Au! posaunte der Oberengel, und das ohne Hilfe seines goldenen Horns. Nicht so sehr, weil die Tannennadeln ihn piekten, sondern weil es ihn ärgerte, wie die Engelchen im Schnee lagen und sich vor Wonne über diesen ungewöhnlichen Anblick einfach kugelig lachen wollten.

Au, laß mich los!

Aber der Tannenast konnte sich nicht so schnell beruhigen, selbst wenn der Befehl dazu von einem Oberengel kam. Ich will das auch, ich will das auch! rief plötzlich das kleinste aller Engelchen, das eigentlich nur halb zählte, und hopste – hast du nicht gesehen – auf den nächstbesten Tannenast und versuchte das gleiche Spiel wie der Oberengel.

Ich auch, ich auch, laß mich auch! So jauchzte sofort die gesamte Engelsheerschar durcheinander. Und bald saßen alle Engel, unausgerichtet nach groß und klein, auf den schneebestäubten Tannen rings um das Waldhüterhäuschen und wippten und schnippten und jauchzten und juhuten und bejubelten Gottes Schöpfungen auf eine ganz neue, eigene Weise. Sie hätten das wahrscheinlich so bis zum jüngsten Tag getrieben, wenn nicht der Erzengel Michael mit erzendster Stimme dazwischengefahren wäre. Trotzdem dauerte es noch eine ganze Weile, ehe sich die pflichtvergessenen Engel soweit beruhigt hatten, daß sie sich dem schlafenden Jesuskind nähern durften. –

Zu dieser Zeit war auch der Komet angekommen. Er hatte es einfach nicht über sein Flimmerherz gebracht, dem Jesuskind auch nur einen Augenblick fern zu bleiben. So sehr war er nicht nur in Liebe erglüht, sondern auch seiner hohen Sendung bewußt.

Er hatte ein Stück seines langen Schweifes abgebrochen und kunstvoll über dem Stall von Bethlehem angeheftet. Die Heiligen Drei Könige sollten nicht unnötig auf den Gedanken kommen, er habe sie falsch geführt und sich nun – seinen Irrtum bemerkend – einfach aus dem Sternenstaube gemacht. Nein, ein Teil von ihm, immerhin hell genug, um alle anderen Sterne zu überstrahlen, war in Bethlehem geblieben. Er selber jedoch war hier.

Erst hatte er eine Weile über der Stätte gekreist, um ihr die nötige Weihe zu geben und sich nebenbei auch einen guten Ruheplatz auszusuchen. Das Dach des Waldhüterhäuschens erschien ihm für seine strahlende Fülle doch zu wackelig zu sein. Nun saß er behutsam auf der äußersten

Spitze einer hohen Tanne und bemühte sich, seinen auf der langen Reise arg mit Sternenstaub verschmutzten Schweif wieder auf Hochglanz zu polieren und das unregelmäßig abgebrochene Schweifende ein wenig zu verstecken.

Er war eitel und fand, daß ihm eine ausgefranste Schleppe nicht so gut stände wie die abgerundete zuvor. Leider gelang ihm das Verbergen nicht ganz. Er sah sich daher in seiner Eitelkeit gezwungen, aus der Not eine Tugend zu machen und die Kometenmode mit den abgebrochenen Schweifen aufkommen zu lassen, wie man sie heute noch überall sehen kann.

Ich muß an dieser Stelle noch eine Kleinigkeit erwähnen, die erst in unserer Zeit einige Bedeutung erlangen sollte. Der silberne Sternenstaub nämlich, den der Komet von seinem Schweif putzte, fiel so dicht auf einige Tannenzapfen, daß sie bald im Scheine des Kometen wie in Silberglanz getaucht aufglänzten.

Hm, dachte sich der Mond, als er das alles sah, was der Komet kann, das darf ich schon lange. Der Mond war nicht gut auf den Kometen zu sprechen. War er, der Mond, nicht seit Bestehen des Nachthimmels sein einziger Beherrscher gewesen? Und nun wurde ihm da einfach so ein eingebildeter Komet vor die Nase gesetzt, nur um eine Geburt anzukündigen. Welch gottväterliche Verschwendungssucht!

Der Mond war vor Neid schon zu drei Viertel erblaßt und leuchtete nur noch ganz schmal und schwach mit einer Ecke. Er hing zuletzt wie eine dünne Sichel am Himmel, die sich auf ihrem Rücken schaukelte. Zur Strafe für diesen Neid wiederholt sich, wie wir wissen, dieses Abnehmen der Mondleuchtkraft in regelmäßigen Abständen noch bis zum heutigen Tage.

Nun also setzte er sich ebenfalls auf die Tanne. Freilich, da die Spitze schon von dem Kometen besetzt war, mußte er sich mit einem Ast begnügen.

Ganz zum Schluß hingen sich gar noch ein paar neugierige Sterne in die Tanne. Die aber nicht vor Neid, sondern vor lauter Wissensdurst und Flimmerlust.

So viel Glanz und Gloria hatten die bescheidenen Tannen, die vom Frühling bis Herbst sich immer mit demselben grünen Kleid begnügten, noch nie erlebt. Wer recht zu lauschen verstanden, der hätte sie jetzt Hosianna und Halleluja wispern hören.

☆

Es war schon eine gewaltige Unruhe durch die Ankunft des Jesuskindes entstanden. Wie eben die Ankunft hochgestellter Persönlichkeiten allenthalben einige Unruhe und Verwirrung hervorzuzaubern pflegt.

Nun aber setzte der Jubelchor der kleinen Engel ein. Mit einem Schlage war alle Unruhe vorbei. Die Welt war wieder so friedlich, wie sie sich selber immer zu sein vorgaukelt. Der Engelchor jubelte so himmlisch, daß selbst der Tausendfüßler wie auf Kommando stehenblieb, der durch all das Hin und Her zuvor in seinem Winterschlaf unter dem Stroh gestört worden und gerade auf dem Wege war, dieser Störung zu entfliehen. Er war nun so erstaunt und zugleich aufs höchste entzückt, daß er vergaß, jenes dritte Bein von links hinten, mit dem er gerade hatte gehen wollen, wieder auf die Erde zu stellen.

Über den Jubelchor wachte auch die Mutter Maria auf. Sie blickte zärtlich auf ihr Kind und dann auf die Engel und bemerkte natürlich sofort die große Veränderung ihrer Umgebung. Aber da ihr mit ihrem kleinen Jesus schon so viele Wunder widerfahren waren, wunderte sie sich über gar nichts mehr, sondern steckte nur ein fast schon himmlisches Lächeln auf, wie es allen Leuten zu eigen ist, die sich nicht mehr zu wundern brauchen.

Vater Josef brauchte ein wenig mehr Zeit, um aus dem Staunen über die veränderte Welt vor seinen Augen herauszukommen. Wie er aber schließlich bemerkte, mit welcher Fassung sein ihm angetrautes Weib das alles trug, wollte er um keine Elchschaufelbreite hinter ihr zurückstehen. Er fragte also nichts und sagte also nichts, und am Ende tat er dann auch so, als wundere ihn überhaupt nichts mehr.

Der Erzengel fand, daß er mit dem Anfang zufrieden sein konnte, wenn es auch mit einigen Tieren, die man im Waldhüterhaus vorgefunden, ein paar Schwierigkeiten gegeben hatte. Dieses räuberische Zweigestirn zum Beispiel, der Marder und der Fuchs, die gerade dabei gewesen waren, ihre Diebesbeute unter sich zu verteilen, wenn auch nicht gerade brüderlich, sie hatten das Haus nicht verlassen wollen. Und als er, der Erzengel Michael, sich daraufhin zu seiner vollen Größe aufgerichtet – denn er dachte, sie hätten ihn vielleicht in der Dämmerung nicht erkannt – und ihnen das Gebot Gottes vorgewiesen, das mit Sternenschrift auf seinem weiten Mantel geschrieben stand, da hatte ihn der Marder doch wahr und wahrhaftig ausgelacht und ihn im Übermut entsetzlich angestänkert.

Es war nur gut, daß das Jesuskind über allen Gestank der Welt erhaben war. Doch hatte Michael um Maria und Josef und etlicher im Waldhüterschutz verbliebenen Tiere willen eine ganze Weile mit seinen Flügeln fächeln müssen, ehe die Luft wieder rein geworden war.

Der Marder und der Fuchs aber hatten mit Gottes Hilfe doch den Platz räumen müssen. Die Strafe für das unziemliche Verhalten gegenüber Gottes Sohn folgte dem Marder auf dem Fuße nach: der Gestank. Er ist ihn bis auf den heutigen Tag noch nicht losgeworden, sooft er ihm auch zu entfliehen versucht.

Ja, und dann hatte sich da noch die Geschichte mit der Elchkuh zugetragen. Unbedingt hatte sie das Jesuskind ablecken wollen. Wahrscheinlich glaubte sie, das kleine Wesen wäre so etwas Ähnliches wie ein mutterloses neugeborenes Elchkind, und sie müsse es nun beelchmuttern, wie sie es vor Monden mit ihrem eigenen Kälbchen gemacht hatte. Sie hatte erst Ruhe gegeben, als Erzengel Michael ihr den Zeigefinger von Vater Josef ins Maul gesteckt hatte, an dem noch etwas vom Salz der Freudentränen über die Geburt klebte.

Nein, es war alles gar nicht so einfach gewesen, selbst für einen Engel vom Format eines Erzengels Michael nicht, der doch wirklich allerlei plötzliche und skurrile

Einfälle von den Menschen seiner Betreuungssphäre gewohnt war.

Aber nun war alles still und voll himmlischem Frieden. Die Elchkuh hatte sich mit ihrem Kälbchen in eine Ecke gekauert und blinzelte nur noch hin und wieder zu dem Jesuskind hinüber.

Die wenigen Spatzen, die ihre Sitzplätze auf einem Dachbalken wie im Rang eines Theaters eingenommen hatten, waren ausnahmsweise einmal ruhig, wie eben alle Erwartung auf einen wirklich echten und großen Genuß stumm macht. Das Engelchorkonzert war für die verwöhnten Spatzenohren ein Genuß! Es ist wert, das zu erwähnen.

Die Spatzen sangen selber auch gern, aber leider nicht sehr schön. Jedoch waren sie die besten Kritiker unter dem gefiederten Volk. Das besagte schon ihr auffallendes Gezeter, sobald nur irgendwo der erste Ton eines begnadeteren Sängers erklang, selbst auf die Gefahr hin, schon den zweiten und dritten Ton damit zu überschreien. Sie als scharfe Kritiker konnten sich das leisten.

Aber der Engelchor hatte auch sie still gemacht. Ganz still und kritiklos. Und das darf man durchaus als eines der großen Wunder dieser Stunden nehmen.

Das Jesuskind, das eben wieder die Augen aufschlug, streckte seine Händchen in die Höhe, als wolle es die ganze schöne neue Welt umarmen. Es verzog sein Mündchen und lächelte – und lächelte. Und das war geradeso, als wäre es nun noch einmal geboren worden, diesmal mitten im ostpreußischen Wald.

☆

Zur gleichen Nacht, da alle diese Dinge in dem Waldhüterhäuschen geschahen, wachten die Bauern und die Knechte vor den Ställen jenes Dorfes, das ganz in der Nähe des geheiligten Ortes lag. Schon seit Sonnenuntergang waren die Tiere merkwürdig unruhig. So, als läge etwas in der Luft. Die Kühe drängten ihre Leiber aneinander und steckten die Köpfe zusammen. Das sah aus, als hätten sie sich große Dinge zuzuflüstern. Der Dorfstier trabte immerzu rund um die Herde. Hin und wieder senkte er seinen Kopf und stieß gegen eines der Tiere.

Wie er die Herde zusammenhält! Wie einen großen unteilbaren Block. So sprachen die Bauern untereinander.

In Wahrheit versuchte der Stier nur, sich einen Platz mitten in der Herde zu gewinnen. Was ihm aber leider nicht gelang. Sein kämpferisches Herz war nämlich keines von der starken Sorte. Das wußten freilich nur seine zahlreichen Frauen. Jetzt hatten sie ausnahmslos alle Furcht. Und niemand hätte sagen können, wovor.

Sie wittern gewiß ein Unheil, irgend etwas Ungewöhnliches, was noch nie dagewesen, hatte der alte Dorfhirte orakelt. Er war es auch gewesen, der alle Bauern und Knechte, ja sogar die größeren Kinder, zur allgemeinen Nachtwache bestimmt hatte. Jetzt eben waren die Frauen und Kinder gekommen, um die Männer mit duftendem Brot, Speck und einem Gebräu aus Honig und Kornschnaps zu stärken.

Wie spät mochte es wohl in der Nacht sein? Niemand hätte es sagen können. Der Mond, von dessen Bahn man es hätte ablesen können und der eben noch geschienen hatte, war plötzlich spurlos verschwunden, obwohl kein einziges Wölkchen den Himmel verdeckte.

Wir können wetten, daß auch die Sterne weniger geworden sind, sagten die Frauen. Vielleicht geht die Welt unter.

Die alte Dorfmuhme sagte dazu zwar ein entschiedenes Nein, aber so sehr ihr Wort sonst unantastbar war, diesmal wollte ihr niemand glauben. Zum ersten Mal in ihrem langen Leben nicht.

Plötzlich schnatterten, wie auf Kommando hin, die Enten und Gänse los, die in einem etwas entfernteren Stall untergebracht waren. War das ein Spektakel!

Sie werden uns den Untergang an den Hals schreien. Man sollte ihnen schon vorher ihren eigenen umdrehen! So jammerten und krakeelten und schimpften die Frauen und Männer durcheinander. Und das klang nicht viel anders als das Gezeter der Enten und Gänse.

In diesem Augenblick wurde es hell und heller. Unwahrscheinlich schnell heller.

Wie, schon der neue Tag? Aber nein, es wurde noch heller als Tag. So hell, daß den Dörflern die Augen übergingen. Sie schrien auf: Jetzt ist das letzte Licht gekommen. Jetzt geht die Welt unter!

Sie warfen sich in den Schnee. Selbst der Dorfschulze, der immer behauptete, vor nichts und niemand Angst zu haben. Aber was wird nicht alles behauptet, wenn die Zeit geduldig ist. Jetzt bohrte er seinen Dickschädel förmlich in den Schnee, als wäre der die letzte Rettung.

Der überirdische Glanz ging aber von keinem Schreckgespenst, sondern vom Erzengel Gabriel aus. Gerade stieg er aus dem kleinen Sternbild Wagen. Dann brauste auch der große Wagen mit den Begleitengeln heran. Eiligst kletterten sie auf die für diese eine besondere Gelegenheit bis zum Dorftrampelpfad verlängerte Milchstraße, und schritten mit Erzengel Gabriel den armen, verängstigten Menschen entgegen.

Die kauerten noch immer im Schnee und warteten auf den gefürchteten Untergang. Ach, wie endlos lange der auf sich warten ließ!

Dieses Warten ist ja schlimmer als das Lauern auf meinen Fritz, wenn wir uns nachts bei den vorderen Tannen treffen wollen, stöhnte eines der jungen Mädchen. Dabei blinzelte es mal eben ein ganz klein wenig neugierig ins Licht. Nur so mit einem Auge. Es schickte aber schnell einen Blick aus dem anderen Auge hinterher. Denn was das eine Auge da zu schauen vorgab, das konnte einfach nicht möglich sein: Geister, Geister, lauter geflügelte Lichtgeister.

Auch den übrigen wurde die Warterei allzu lang. Sie ließen ihre Neugier anwachsen, bis sie größer als alle Ängste war. Einer nach dem andern schaute auf. Wunderte sich, staunte, glaubte zu träumen, kniff sich sicherheitshalber in Schenkel und Waden. Wobei es dem Dorfschulzen geschah, daß er – aus purem Versehen, versteht sich; oder doch der Gewohnheit wegen? – in den drallen Allerwertesten seiner Kuhmagd kniff.

Es blieb dabei: der große allbeherrschende Geist hatte seine Lichtgeister zu ihnen gesandt.

Nun sangen die Engel. Leider konnten die Leute aus dem Dorfe sie nicht verstehen, denn die Engel sangen in ihrer himmlischen Sprache. Aber das erhöhte entschieden nur noch die Feierlichkeit dieses großen Augenblicks.

Alsdann redete der Erzengel Gabriel. Der nun sprach nicht anders als die Schulzin, der Häusler oder die Kuhmagd auch. Jedes Wort konnte man verstehen. Aber ach, es fiel dennoch schwer, die Rede zu begreifen.

Was sagte er da, es wäre ein Kind geboren, und das läge nun im Waldhüterhäuschen arm und nackt in der Futterkrippe?

Der hohe Lichtgeist in allen Ehren, aber da dürfte er sich doch wohl getäuscht haben. Denn gestern zur Mittagszeit war das Haus noch leer gewesen, wenn man von den Tieren absah. Und wenn jemand nach dieser Zeit hätte dahingelangen wollen, er wäre nie und nimmer ungesehen geblieben. Zumindest hätte es die Schulzin bemerken müssen, die ihre Augen mehr in nächster und fernster Nachbarschaft als am Kochtopf hatte, wie es böse Zungen behaupteten. Nein, da hatte sich der große Geist gewiß geirrt.

Und was sagte er nun noch? Gottvater hätte seinen eigenen Sohn direkt vom Himmel auf die Erde geschickt. Und allen Menschen, die zu ihm kämen, sei der ewige Frieden sicher.

Das war nun etwas, was über allem Begreifen blieb. Das machte sprachlos. Selbst das Nachdenken fiel da schwer. Nicht einmal die Landlersche, die von irgendwoher gekommen und auf jeden Topf einen Deckel wußte, konnte dazu etwas sagen. Sie sagten allesamt noch immer nichts, als die Engel schon längst wieder die Milchstraße hinaufgeschritten, in die Wagen gestiegen und mit einem großen Bogen um die Stätte der Verkündigung mählich im weiten Himmelsraum entschwunden waren.

Auch die Tiere waren ganz stumm und ruhig. Der erste, der wieder eine normale Sicht in die Augen bekam, war der Stier. Nun, wo alles Unheil und aller Weltuntergang sich in Licht und Stimmenjubel aufgelöst hatten, reckte er seinen Kopf wieder herrisch in die Höhe. Seine Hörner – von denen leider eines seit der dummen Verwechslung zwischen Hütejungen und Baumstamm nur noch halb da war – seine Hörner schienen geradezu noch um zwei Fellhärchen breit zu wachsen. So hornochsig reckte er den Kopf, daß er den Schulzen dabei fast aufgespießt hätte.

Und Wunder über Wunder, der Schulze brummte nur ein: Dummes Vieh! Und dachte gar nicht daran, loszubrüllen, wie er es sonst getan hätte. Immerhin hatte der bullige Stoß bewirkt, daß sich des Schulzen Verstand samt dazugehörender beredter Zunge aus ihrer Starre gelöst hatten.

Da müssen wir hin, sagte der Schulze kurz und bündig. Und das war nun die kürzeste und zugleich inhaltsreichste Rede seines Lebens. Was vielleicht das allergrößte Wunder dieser Nacht blieb.

Ja, da müssen wir hin!

Jetzt tauten auch die andern auf, die bis dahin wie erfrorene Schneemänner dagestanden. Sie fühlten keine Kälte mehr und keine Furcht und auch keinen Mißmut über diese durchwachte Nacht.

Wirklich nicht?

Nein, wirlich nicht. Nicht einer. Sie spürten, daß diese Nacht in ihre Dorfgeschichten eingehen würde, wie in ihrem Leben noch nichts.

☆

Nun war das ganze Dorf auf dem Wege zum Waldhüterhäuschen. So wie sie gerade standen, hatten sie sich auf den Weg gemacht. Allen voran diesmal ausnahmsweise die Frauen und Kinder. Die trugen noch die Bündel und Körbe, in denen sie den Männern die mitternächtliche Stärkung gebracht hatten. Freilich, jetzt waren die Körbe fast leer.

Mußte man aber dem Kindlein nicht etwas mitbringen? War es nicht arm und nackt? Und die armen Eltern, würden sie nicht auf ihrer unbegreiflichen Reise Hunger leiden? Schließlich war es zudem üblich, einem neuen Leben seinen Tribut zu schenken. Man hätte sich etwas für diesen Gang vorbereiten müssen. Aber hatten die Lichtgeister nicht so getan, als dürfe man keine Zeit verlieren? Darum gingen sie ohne Aufenthalt, wie sie eben bei den Tieren gewacht, gekniet und sich gefürchtet. Die Schulzin wollte dem Kindlein ihr kostbar gewirktes Umschlagtuch geben, das sie selbst in dieser mondlosen Nacht so stolz trug, obwohl sein Glanz niemandem ins Auge stechen konnte. Das heißt, vielleicht genügte es auch, wenn sie nur das einfache Kopftuch hingab. Das war leichter zu ersetzen. Nein, nein, sie würde doch lieber das große Tuch opfern. Schließlich war sie ja die Schulzin, und dieser Stand verpflichtete. – Nun, sie hatte ja noch Zeit, sich die Sache reichlich zu überlegen.

So wie die Schulzin überlegten sie alle. Vielleicht nicht ganz so pfennigfuchsig. Nein, so glanzbiesterig waren sie nicht.

Einer fand noch eine Handvoll getrockneter Äpfel und Birnen in seiner Tasche. Ein zweiter, ein dritter auch. Ein andrer hatte noch seine Nüsse, die die Frau ihm für die Nachtwache mitgegeben hatte. Jemand fand ein Stückchen Brot. Es war zwar schon angebissen, aber der gute Wille, der daran hing, sollte diese kleine Lücke wohl ausfüllen können.

So fanden sie alle noch irgend etwas, was sie verschenken konnten. Einen überzähligen Strumpf, ein wollenes Tuch, zwei oder drei Paar bunte Fäustlinge, eine Pelzkappe gar. Es würde schon keiner mit leeren Händen zu kommen brauchen, wenn er nur gut an sich herumsuchte. Und wenn sie alles zusammenlegten, dann sollte wohl ein recht ansehnliches Geschenk beisammen sein.

So redeten und beratschlagten die Männer und Frauen und waren ganz aufgeregt, und fingen vor lauter eifrigem Gerede an, ebenso eifrig zu laufen.

Hatte der Dorfschulze auch etwas? Er war der einzige, der entgegen seiner Gewohnheit und Kraft seines Amtes nichts sagte. Er kniff nur die Augen zusammen, leckte sich über die Lippen und gurrte wie ein verliebter Täuberich. Er hatte also auch etwas. Aber er machte ein Geheimnis daraus. Was wäre auch eine Amtsperson ohne Geheimnis!

Den Schluß des aufgeregten Zuges bildeten Tiere. Anfangs waren es nur die Wachhunde, die hinter ihren Herren herliefen. Dann hatte sich – sollte man es wirklich glauben – ein Häschen angeschlossen, dessen Hundeangst doch sprichwörtlich ist. Dann noch eins und an der nächsten Wegbiegung wieder eins. Schließlich kamen sogar noch ein Reh dazu und eine Wildsau mit ihren Jungen. Die Hunde drehten kaum die Köpfe nach den Tieren des Waldes um. Taten geradeso, als wüßten sie nicht, was Jagd und Hetze sei.

So mächtig war in allen der friedliche Trieb, das kleine Jesuskind zu sehen.

Die Dörfler samt Gefolge waren aber beileibe nicht die ersten, die zu der heiligen Stätte kamen. Was der Schulzin beinahe ein beleidigtes Erstaunen abgenötigt hätte, wenn sie nicht schon allzu sehr von einer heiligen Erregung ergriffen gewesen wäre.

Was saß und stand da nicht schon alles vor dem Waldhüterhäuschen umher, dessen morsche Türen einladend weit offen standen: eine alte Eule, Rebhühner, Fasanen, Wildenten, Krähen, Hasen, Hirsche, Rehe, sogar zwei komplette Igelfamilien und drei ausgewachsene Wildpferde. Ach, was weiß ich, wer noch alles da war! Sich in Stroh und Heu duckte, auf den Dachbalken kauerte, in Ritzen nistete, in Luken klebte. Und da in der Ecke, war das nicht die Ziege, die herbstens dem Bachhauser vor dem Schlachten davongelaufen? Wie friedlich sie alle beieinander saßen und wie überaus artig!

Daß freilich die kleinen Engel alle Hände voll zu tun hatten, diese Artigkeit immer wieder herzustellen, davon ahnten die Menschen nichts.

Die Menschen hatten auch gar keine Zeit mehr, etwas

zu ahnen. Sie hatten ihre Augen jetzt nur noch bei dem kleinen Kind, das wie aus einem Sonnenstrahl geschnitten in der Krippe lag. Wirklich, es ging von ihm ein Leuchten aus, als läge es mitten auf einem Sonnenstrahl.

Oder nein, mit der Sonne konnte man das Leuchten schwerlich vergleichen. Die Strahlen der Sonne waren grell und konnten so sehr in die Augen stechen, daß man sich abwenden und weinen mußte. Dieses Leuchten aber war mild und so lieblich, daß man seine Augen davon nicht abwenden mochte. Und wenn jetzt ein paar Tränen in die Augen traten, so hatte das seinen Grund in einer unerklärbaren Ergriffenheit.

So etwas hatten die Männer und Frauen noch bei keinem neugeborenen Kind ihres Dorfes erlebt. Und – wie es kam, wußte später niemand mehr zu sagen – plötzlich lagen sie wieder alle auf den Knien, mitten im Schnee, und hatten ihre Hände gefaltet und schauten und schauten und schauten noch immer. Winkte da das Jesuskind? Es bewegte die winzigen Ärmchen hin und her, aber das konnte ebensogut nur ein kleines Spiel mit sich selbst sein wie ein Winken.

Sag ihnen, daß sie näherkommen sollen, wisperte das Jesuskind dem Erzengel Michael zu, der für alle unsichtbar am Fußende der Krippe stand. Sie erfrieren ja sonst zu lauter Eisklumpen und können sich nicht mehr für mich und meine Sendung erwärmen.

Natürlich hörte niemand das Jesuskind. Und auch nicht das freche Kichern der kleinen Engel, das diesen Worten folgte. Als erste zog Michael die Schulzin an ihrem Haardutt hoch, den sie nach der neuesten Mode kokett mitten auf dem Kopfe trug. Das Kopftuch war ihr inzwischen mit Nachhilfe eines vorwitzigen Engels auf die Schultern gerutscht, wo es für die nächste Zeit wohl auch seinen Stammplatz würde behalten müssen. Denn jetzt nestelte die Schulzin wahrhaftig ihr kostbares Schultertuch ab und legte es zu ihrem eigenen Erstaunen – ja, wie sie feststellen mußte, beinahe gegen ihre Vornahme – der Mutter Maria in den Schoß. Natürlich steckten auch dahinter die kleinen Engel!

Als nächste fühlte sich das Mädchen hochgezogen. Und so einer nach dem andern. Alle traten sie nun zur Mutter Maria hin und legten ihr mehr in den Schoß, als sie zuvor bedacht hatten. Am längsten mußte der Schulze knien. Ein paarmal hatte er schon aufstehen wollen. Aber immer wieder war er eingeknickt, weil ihm ein kleiner, mutwilliger Engel in die Knie fuhr. Oh, ich kriege wieder mein Gliederreißen, stöhnte der Schulze heimlich. Was für ein andächtiger Mann, dachten die Bewohner seines Dorfes. Und sie waren zum ersten Mal zufrieden, ja, sogar ein wenig stolz auf ihn und seine würdevolle Lebensart.

Nun stand also auch er vor dem Jesuskind, das gerade mit einem Strohhalm spielte, was so aussah, als hielte es sich daran fest. Es schien kein Auge für die vielen Besucher zu haben, nicht einmal für den Schulzen.

Aber das sah nur so aus. In Wahrheit hörte und sah das Jesuskind alles. Es sah zum Beispiel gerade jetzt, wie der Schulze etwas unschlüssig vom Jesuskind zum Vater Josef äugte und auch die Mutter Maria mit einem halb scheuen, halb neugierigen Blick streifte, und schließlich – statt mit seiner Gabe, wie es sich gehörte, zur Mutter Maria zu gehen – zu Vater Josef hinüberwechselte und dem Erstaunten vertraulich auf die Schulter klopfte.

Du wirst eine Stärkung nötig haben. Dabei zwinkerte der Schulze mit den Augen und leckte sich wieder genießerisch die Lippen.

Vater Josef verstand zwar nicht ganz, was der Schulze wollte, aber er lächelte auch. Lächeln war nie verkehrt.

Ein netter Mann, stellte der Schulze fest, während er ein kleines Fläschchen aus einer verborgenen Tasche zog. Bärenfang. Er zwinkerte zum dritten Mal mit seinen Augen und öffnete die Flasche. Da, nimm!

Es tat ihm jetzt doch ein klein wenig leid, daß er mit dem Vater Josef wohl nicht so verkehren konnte wie mit seinen bevorzugten Nachbarn: ich einen Schluck, du einen Schluck, ich einen Schluck, du . . . Aber man war eben der Schulze und mußte in dieser offiziellen Angelegenheit Vorbild sein.

Da, trink!

Jetzt zwinkerte auch Vater Josef begreifend mit den Augen. Etwas fragend sah er darauf zu Maria hin. Aber die lächelte nur und schaute auf das Kind. Da nahm Vater Josef einen tiefen Schluck aus der Flasche. Oh, es war gut, daß er saß. Heiliger Erzengel, das lief ihm ja wie Feuer durch und durch, so daß er erstmal mit überquellenden Augen nach Luft schnappen mußte. Aber gut tat das. Gut!

Vater Josef nahm gleich noch einen zweiten Schluck. Zum Abgewöhnen, sagte er. Und sagte das gleich noch mehrmals hintereinander.

☆

Ich weiß nicht, wie lange sie da alle so gesessen, gestanden und das Jesuskind angestarrt hätten, ohne sich an diesem Anblick satt sehen zu können, wenn das himmlische Kind nicht unruhig geworden wäre.

Schicke sie wieder nach Hause, flüsterte es dem Erzengel Michael zu. Sie dürfen nun nicht um meinetwillen ihr Haus, ihre Tiere und ihre sonstigen Pflichten vergessen. Es wird für sie gleich Morgen sein und ein schwerer Tag beginnen. Außerdem steht ihnen noch ein stundenlanger Heimweg bevor.

Sie werden aber traurig sein, wenn du sie jetzt fortschickst. Bedenke, sie werden dich für lange, lange aus den Augen verlieren. Und wer weiß, wie schwer es ihnen nachher fällt, wieder an dich zu glauben, wenn du ihnen mit diesem kurzen Besuch aus ihrer Erinnerung gekommen bist.

Michael hat damit gewiß nicht Unrecht, dachte das Jesuskind und steckte dabei wieder sein winziges Zehchen in sein Mündchen. Aber an dem zeitweiligen Vergessenwerden werde ich doch nichts ändern können.

Oh, das Kleine hat Hunger, verkündete eine junge Frau, die mit besonders sehnsüchtigen Gedanken ganz dicht vor der Krippe kauerte und diesen Platz auch gegen die Schulzin verteidigte, die sie ein paarmal vieldeutig in die Rippen gepufft hatte. Oh, es hat Hunger. Nun werden wir wohl gehen müssen, damit seine Mutter es in Ruhe an sich nehmen kann.

Siehst du, flüsterte das Jesuskind Michael zu, mein Vater ist auch dafür, daß sie jetzt gehen. Sonst hätte er der Frau nicht diese Gedanken eingegeben. Also, laß sie nun gehen. Ich bin wirklich etwas müde und hungrig. Und bedenke, was mir noch alles bevorsteht.

Sie wollen aber nicht gehen, zuckte Michael mit seinen Flügeln. Schau nur, wie standhaft sie sind, und wie besessen. Ja, meinte das Jesuskind, wenn ich Brot und Speck und Bärenfang austeilen würde, dann könnte ich das Sitzenbleiben schon verstehen, aber so . . .

Du beurteilst mein Land entschieden nach Kümmerlichem, was man so herumerzählt, meinte Erzengel Michael und war beinahe für seine Günstlinge beleidigt. Ihnen liegt nichts an solchen Äußerlichkeiten. Sie nehmen sie gerne an, wenn sie freundlich geboten werden, aber sie brauchen sie nicht. Beurteile sie nicht falsch! Nur Herzlichkeit und Gemütlichkeit gehen über alles. Da tauen sie auf. Und die hängen nicht von Speck und Schnaps ab! Deine himmlische Gemütsamkeit ist es, die sie nicht fortläßt, wiederholte er abschließend noch einmal und klappte energisch seine Flügel zusammen, was ein ganz klein wenig zornig klang.

Das Jesuskind steckte schnell wieder sein kleines Zehchen in den Mund. Diesmal weniger, um nachzudenken, als um seinen kleinen Juchzer zu ersticken, der die feierliche Stille unbändig unterbrochen hätte.

Wir können sie nicht einfach so fortjagen, trumpfte Michael noch einmal auf, Gastfreundschaft ist hier heilig.

Laß es doch Stein und Bein frieren, schaltete sich unerlaubt der Oberengel in das Gespräch ein. Dann müssen sie sich warmlaufen, und weg sind sie. Das trug ihm sofort einen verweisenden Blick von Michael ein.

Nein, das wäre häßlich, entschied das Jesuskind. Könnt ihr nicht etwas Lustigeres erfinden?

Erzengel Michael dachte lange und scharf nach. Dann

befahl er dem Oberengel, das kleine Signal zu blasen, das alle gerade abkömmlichen Engel zusammenrufen sollte. Von dieser Zahl suchte er die kleinsten und kecksten Engel aus und tuschelte mit ihnen. Worauf ein recht unheiliges Kichern folgte, und die Engel auseinanderstoben.

Ich möchte wissen, was du da ausgeheckt hast!

Wirklich nichts Schlimmes, beteuerte Michael und zeigte ganz ehrliche Augen. Weißt du, mir fiel nur eben ein, daß es nur ein einziges Mittel gibt, meine Menschen hier in Bewegung zu bringen, wenn sie Sitzfleisch angesetzt haben. Die Ameisen sind die einzigen, die sie zum Aufstehen reizen könnten. Und sieh mal, da die Ameisen unter den Schneewehen nun nichts von dir erfahren, also sich nun auch nicht für dich aus ihrem Wintervorrat erhoben haben, muß ich statt ihrer die kleinen Engel kribbeln und krabbeln lassen.

Nein, es war wirklich gut, daß das Jesuskind sein Zehchen im Mund benuckelte, diesmal hätte es für nichts mehr einstehen können. Schließlich war es als Menschlein geboren und nicht als liebes Gottchen.

Die Engelchen waren bald kräftig am Werk. Das war doch endlich einmal ein anderer Dienst, als nur immer Singen, die Sternenstraßen fegen, wieder Singen, und hin und wieder abkommandiert werden, um ein kleines Kind zu bewachen, vor dem nichts sicher war. Sie krabbelten den Männern und Frauen an den Beinen, an den Händen, im Nacken, einfach überall hin, wo sich im winterlichen Vermummeltsein nur eine freie Stelle fand. Und wo sich keine fand, da krochen sie wohl gar unter Rock und Wams.

In die andächtige Gesellschaft kam eine merkwürdige Unruhe hinein.

Ganz besonders eifrig wirtschaftete das kleinste Engelchen. Eben war es dabei, dem Schulzen in die Hose zu kriechen, die er – nur um zu zeigen, wie lang er sie sich leisten könne – statt sie wie alle andern in die weiten Stiefel zu stecken, über die Stiefel gezogen trug.

Den Schulzen kitzelte es nicht wenig. Und da er auf der

einen Seite gerade das Kitzeln nicht vertrug, ohne unbändig lachen zu müssen, auf der anderen Seite aber jetzt im Angesicht seines Dorfes und dieser andächtigen Unternehmung nicht lachen oder womöglich aufspringen und einfach davonlaufen konnte, wie er es in seiner geheimsten Kammer bestimmt getan hätte, so biß er tapfer die Zähne aufeinander, daß sie nur so malmten. Aber er nahm das Wort der jungen Frau zum günstigen Anlaß und erhob sich, wie er es nur zwischen Andacht und Sichkratzenwollen glaubte vereinbaren zu können.

Ja, es ist wahr, wir werden jetzt gehen müssen, sagte er. Die Leute werden Ruhe nötig haben – damit meinte der Schulze Maria und Josef und das kleine Kind in der Krippe – und wir werden an unsere Arbeit müssen – dabei dachte er an sich selbst und kratzte sich so heimlich, wie es nur ging.

Zum Glück entging das Engelchen gerade noch seinen Fingern.

Ja, es ist wahr, es ist wahr, beteuerten nun auch alle andern; unter komischen Verrenkungen aufstehend, die ihnen Gelegenheit gaben, sich ebenfalls unauffällig zu kratzen und zu schubbern.

Nur der alte Hirte wollte nicht recht aufstehen. Einmal, weil er in Wind und Wetter ein dickes Fell bekommen hatte und das Krabbeln nicht merkte. Zum andern, weil er keine Lust verspürte, dieses zweckgebundene Nichtstun so bald zu verlassen. Nun, aber auch er mußte schließlich aufstehen, und die Engelchen sprangen mit ihrem Werk zufrieden und kichernd in das Waldhüterhäuschen zurück.

Einzig der kleinste Engel hatte Pech. Er wollte mit einem schönen Schwung über den weiten Stiefelrand des Schulzen hinwegsetzen, hatte aber nicht an die überhängenden engen Hosen gedacht. So stieß er also mit seinem Lockenkopf gegen die Hose, wurde zurückgeschnellt und rutschte verdutzt in den Stiefel hinein. Er konnte sich gerade noch an ein paar längeren Beinhaaren festklammern, sonst wäre er womöglich noch tiefer gerutscht und beim nächsten Schritt des Schulzen jämmerlich zerquetscht worden.

Das hat man nun von seiner hohen Pflichtauffassung für dich, lieber Jesus, schimpfte das Engelchen wenig engelhaft und versuchte dabei, seine heikle Position heldenhaft zu festigen. An ein Herauskommen war im Augenblick nicht zu denken.

Das kommt davon, daß du uns Engeln keine Schutzengel beigibst, zeterte es weiter. Nun sieh zu, wie du mich wieder hier herausholst!

Dann mußte es aber doch schon wieder lachen. Das Ganze war wirklich himmlisch komisch. In solcher Lage ist bisher noch kein Engel gewesen, dachte es und wuchs vor Stolz sogleich ein wenig. Ich bin gespannt, was ich noch erleben werde. Und dann werden die anderen einmal mir zuhören müssen, wenn ichs erzähle, und nicht sagen dürfen, daß ich still sein soll, weil ich noch nichts verstehe.

Noch einmal gingen nun die Männer, Frauen und Kinder einzeln an die Krippe heran und versuchten, ein kleines Lächeln des Jesuskindes zu erhaschen. Aber das hielt nun die Augen geschlossen, als schliefe es ganz fest. Da lächelte dann Mutter Maria statt seiner. Und auch Vater Josef verzog seine Lippen, was man allerdings bei seinem Bart nicht so genau erkennen konnte.

Dann endlich machten sich die Dörfler auf den Heimweg, müde, aber wahrlich auf- und angekratzt. Und das Engelchen machte den Weg in des Schulzen Stiefeln wie an einen schaukelnden Stamm geklammert mit.

☆

Ich muß nun endlich von einigen Tieren erzählen, die zu der heiligen Stätte gekommen waren und, da die Menschen endlich fortgegangen, es sich wieder etwas bequemer machten.

Den Tausendfüßler hatte seine Neugier glücklich so weit gebracht, daß er auf dem Rand der Krippe entlangspazierte und sich gerade neben das kleine Ohr des Jesuskindes in das Heu plumpsen lassen wollte. Da aber griff Erzengel Michael höchstpersönlich ein. Denn diese hautnahe Vertraulichkeit mit einer göttlichen Person ging doch wohl zu weit.

So fand sich denn der Tausendfüßler verdutzt an seinem Ausgangspunkt wieder, da, wo er unter dem Stroh geschlafen hatte. Wie man nur so träumen kann, dachte er nach einer langen Weile des Besinnens und Nichtbegreifens und schüttelte seine vordersten Beine statt des Kopfes. Wie man nur so Verrücktes träumen kann! Dann zog er langsam Bein für Bein ein und war bald wieder eingeschlummert.

Gerade hatten die Hirsche und Rehe ihre Gratulationscour beendet. Gravitätisch und ruhig, wie das so ihre Art war, hatten sie alle ihren warmen Atem über das Kind streifen lassen. Das galt bei ihnen als ein Zeichen der höchsten Ehre und Anerkennung. Jetzt standen sie in geziemender Entfernung in stiller Beschaulichkeit zusammen und kauten das große Erlebnis immer noch einmal wider.

Nun waren die Hasen an der Reihe. Mit ihren kleinen Stummelschwänzen schlugen sie einen so vollendeten Trommelwirbel auf die Holzdielen des Waldhüterhäuschens, daß Vater Josef, der über seinem Bärenfang ein wenig eingenickt war, erschrocken die Augen aufriß. Das Jesuskind aber wippte mit seinen kleinen Fingerchen auf und ab, als dirigiere es diesen Huldigungsmarsch.

Ein ganz kleines Hasenkind saß etwas traurig und sehnsüchtig abseits im Schnee. Es war noch zu dumm, den Wirbel taktvoll klopfen zu können. Sein Stummelschwänzchen war zudem selbst für sein geringes Alter noch zu lächerlich klein geblieben, um auch nur andeutungsweise mitwirbeln zu können. Ach, dabei hätte gerade dieses Hasenkind dem Kind in der Krippe so gern etwas geschenkt. Aber was konnte man als Hasenkind schon schenken?

Es war so bitter traurig darüber, daß es gar nicht merkte, wie es hinterwärts kleine eiförmige Krümelchen in den Schnee fallen ließ. Nein, gewiß hatte es das nicht bemerkt.

Es bekam deshalb einen gewaltigen Schreck, als seine Hasenmama ihm zurückkommend mit wenig weicher Pfote eins links und rechts hinter die Löffel gab.

Man kann dich auch nicht einen Augenblick allein lassen, schon hast du irgendwelche Dummheiten gemacht! Gehört sich das an dieser Stelle?

Ach, ich wollte dem Jesuskind doch nur etwas schenken, heulte das Hasenkind.

Und weil die Hasenmama glaubte, es meine mit dem kleinen Geschenk die eiförmigen Hinterlassenschaften, erhob sie über diese Frechheit gleich noch einmal die Pfoten zu einer erheblichen Pfotenschrift hinter die Löffel. Was das Hasengefiepe nur noch größer werden ließ.

Damit aber zog das Geschehnis weitere Kreise. Nun schaltete sich der Oberengel ein, der die Situation sofort überschaute und sich höchstlichst empörte: Pfui, dieses Hasenei stinkt ja zum Himmel! Schämt ihr euch denn gar nicht? Sofort räumt ihr das weg!

Aber das war nun wirklich leichter befohlen als getan. Denn inzwischen hatte sich das Hasenkind mit Hilfe seiner tief herabhängenden Ohren wirklich so herzzerbrechend geschämt und sich dabei um und um gedreht, daß der Schnee die eirigen Krümelchen unsichtbar unter sich begraben hatte.

Der Oberengel war womöglich noch empörter. Hatte man so eine Hasendummheit schon gesehen? Es blieb nichts anderes übrig, als einige Engel ans Suchgeschäft zu schicken.

Just damit wurde auch das Jesuskind auf diesen peinlichen Zwischenfall aufmerksam. Was gibt es denn?

Erzengel Michael beugte sich über sein Ohr und flüsterte ihm die tragikomische Geschichte zu.

Das arme Hasenkind, bedauerte das Jesuskind mild. Es hat doch nur das Gute gewollt. Warum schilt man so mit ihm! Und dann befahl es lächelnd, doch die seltsame Suche bis zum Frühjahr einzustellen. Wenn der Schnee fortgeschmolzen, würden die kleinen Haseneierchen schon von alleine wieder hervorkollern.

Dann tröstete das Jesuskind das kleine Hasenkind. Es schnippte einen hellen Strahl aus seinem Heiligenschein zu ihm hin. Der kitzelte nicht nur sein Schnuppernäschen bis zum Hatschi, sondern legte sich dem Hasenkind auch vom Kopf über den Rücken bis hin zu dem kleinen Stummelschwanz. Dieser Lichtstreifen blieb auch später trotz Hasenwäsche und Wind und Wetter liegen und zeichnete dieses Häschen und alle seine Nachkommen bis auf den heutigen Tag vor aller Welt aus. Das Hasenkind war überglücklich!

Aber damit war es dem Jesuskind noch nicht genug. Es bat, dieses kleine Erlebnis doch ja in die himmlischen Bücher aufzunehmen und auch auf Erden nie mehr vergessen zu lassen. Zum Zeichen dafür, daß es nicht auf groß vollbrachte Dinge, sondern allein nur auf das gute und innige Wollen ankomme.

Ja, und so kommt es, daß wir heute im Frühling, gleichzeitig mit der Erinnerung an die Auferstehung des Herrn, Eier suchen, die uns die Hasen legen.

Damit hatte das Jesuskind eine erste Bitte ausgesprochen, sich später seiner zu erinnern. Nun lag es im Heu, zappelte etwas aufgeregt mit den Beinchen und fragte den Erzengel Michael, ob das wohl eben recht gewesen sei.

Gewiß, meinte Michael, warum sollte das wohl nicht richtig sein.

Weißt du, gab das Jesuskind zu bedenken, später werden die Menschen gewiß behaupten, daß das Eiersuchen heidnisch ist. Sie werden nicht glauben wollen, daß der Gedanke von mir gekommen ist.

In dieser Beziehung sind die Menschen ein bißchen dumm, schob Michael alle Bedenken fort. Laß sie sagen, was sie wollen. Die Hauptsache ist, sie werden selig und denken dabei doch ein wenig an dich.

Und dabei blieb es dann.

Auch die kleinen Engel jubelten über diese Entscheidung. Sie saßen um das Hasenkind herum, spielten mit seinen langen Ohren und kraulten ihm das seidenweiche Fell.

Damit war denn die Geschichte zu aller Fröhlichkeit

abgetan, zumal nun auch die Igel hereinkamen, dann die Hunde, die Katzen und so ein Tier nach dem anderen. Alles ging ruhig und glatt vor sich und mit gebührender Ehrerbietung vor dem Jesuskind. Dafür sorgten die himmlischen Heerscharen.

Nur die drei Bären, die plötzlich brummend und mit großen, etwas schwankenden Schritten aus dem Wald getreten waren, verursachten einen kleinen Zwischenfall. Es bedurfte schon einer erheblichen Menge sanfter Gewalt, sie in Reih und Glied zu halten. Und auch dann schielten sie mehr zu Vater Josef hinüber, der mit seiner Flasche Bärenfang unter dem Gewande wieder sanft und selig eingeschlafen war, als daß sie auf das liebliche Kind in der Krippe geschaut hätten. Es war darum kein Wunder, daß die Engel den Verdacht schöpften, die Bären wären mehr durch den Geruch des Honigschnapses als durch das himmlische Ereignis angelockt worden. Nachweisen konnte man diesen Verdacht allerdings nicht, zumal sich die Bären nach ihrer etwas brummigen Gratulationsrede an Mutter Maria bei Vater Josef niedergelassen hatten und – wohl ein wenig lüstern, aber doch ungewöhnlich sanft und still – auf dessen Aufwachen warteten.

Dann waren auch die Waldkaninchen und die Hauskaninchen angekommen, die einmal wenigstens ihren Streit um den Vorrang beiseitegelassen hatten und einträchtig miteinander dem Jesuskind den neuesten Hoppeltanz vorführten, dessen Höhepunkt das Klatschen mit ihren langen Ohren war.

Ach, es ist einfach unmöglich, alle Tiere zu nennen, die herangekrochen, gegangen, geflogen, gehoppelt und gewatschelt kamen! Es wäre höchstens noch zu berichten, daß weder Marder noch Fuchs es wagten, in die Nähe des Waldhüterhauses zu kommen. Sie schämten sich ihres Gestankes und fluchten gleichzeitig darüber und schworen, sich später dafür an allen denen zu rächen, die jetzt mit dem Jesuskind und den Engeln schöntaten.

Den Abschluß dieser ganzen Tierzeremonie bildete die alte Eule, die nur darauf gewartet hatte, mit dem Jesuskind ein Gespräch anfangen zu können. Sie durchbrach damit zwar das übliche Zeremoniell, aber da sie als eine sehr nachdenkliche und gelehrte Persönlichkeit bekannt war, ließ Erzengel Michael es ausnahmsweise geschehen.

Ich kann nicht begreifen, begann die Eule, wobei sie ihre Gesichtsfedern so zusammenkrauste, daß sie ehrwürdige Runzeln und weise Falten bildeten, ich kann es nicht begreifen, daß Gottvater dich ausgerechnet in Menschengestalt auf die Erde kommen ließ. Sind wir nicht auch seine Geschöpfe? Warum ließ er dich also nicht eine andere Gestalt annehmen? Ich will ja schon gar nicht davon sprechen, daß du ruhig als junge Eule hättest kommen können, da es ja bekannt ist, daß wir ohnehin mit besonderer Begabung und Weisheit von Gottvater ausgestattet worden sind. Warum also werden die Menschen plötzlich derart uns vorgezogen?

In der Tat, antwortete das Jesuskind auf diese sehr gehaltvolle Rede, wobei es sein Lachen mächtig unterdrükken mußte, in der Tat ist das von Gottvater eine Bevorzugung. Und es ist sehr fraglich, ob die Menschen das so erkennen werden wie alle anderen Kreaturen. Aber du sagst ja selbst, liebe Eule, daß mein Vater euch ohnehin ausgezeichnet hat, indem er euch mit besonderer Weisheit bedachte. Es wird dir darum nun nicht schwerfallen, meines Vaters Gründe zu verstehen.

Das Jesuskind machte eine achtunggebietende Pause, ehe es fortfuhr: von wo bis wo reicht bei euch das Alphabet?

Nun, versetzte die Eule erstaunt, die durch die wohlgesetzte Rede des Jesuskindes schon die Hälfte ihres Neides verloren hatte, nun, von A bis Z natürlich.

Siehst du, erläuterte das Jesuskind weiter, von A bis Z. Das heißt etwas anders ausgedrückt: von Allah bis Zeus wird alles mögliche angebetet, was meinen Vater hin und wieder befremden muß. Nun, manchmal sind es nur Namen, die weiter nichts zur Sache tun, die im Grunde doch meinen Vater meinen. Aber sieh mal, der Mittelpunkt des Alphabetes ist bei euch das M, nicht wahr? Wieder mit andern Worten ausgesagt: der Mensch. Und eben dieser zufällige Mittelpunkt des Alphabetes, dieser zufällige Mittelpunkt meines Vaters Schöpfung, bildet sich nun ein, weder meinem Vater dienen zu brauchen, so wie ihr es alle tut, noch einen andern Namen zwischen A und Z anbeten zu brauchen. Dieser zufällige Mittelpunkt, der Mensch heißt, betet sich selbst an! Begreifst du nun, warum mich mein Vater in dieser Gestalt auf die Erde kommen lassen mußte?

Die Eule verstand diese gewaltige Ausführung zwar noch nicht, schloß aber schnell die Augen, was immer tief gelehrt und gedankenreich aussieht.

Natürlich durchschaute das Jesuskind diesen kleinen Trick. Es fuhr daher fort: Ich muß also als Mensch die Menschen von ihrer eigenen Anbeterei zu Gottvater zurückführen. Glaubst du, daß sie mich hören würden, wenn ich eine Eule wäre? Du weißt, wie eingebildet die Menschen sind. Sie hören kaum auf ihresgleichen, kaum auf ihr eigenes Herz, wie viel weniger noch auf irgendein anderes Wesen aus meines Vaters großer Schöpfung! So kompliziert ist das, und doch so einfach.

So habe ich mir das alles gleich gedacht, beschloß die Eule dieses bedeutsame Kapitel augenklappernd und nickte ein paarmal schwerwiegend mit dem Kopfe. Du bist, lieber Jesus, sehr klug und wärest wirklich würdig gewesen, einer der unsern zu sein.

Damit flog die alte Eule – nachdem sie sich mit einem gut einstudierten Kratzfuß vom Jesuskind verabschiedet hatte – sehr vornehm und sehr ihrer bevorzugten Würde bewußt davon.

Das Jesuskind sah ihr lange nach und lächelte und lächelte. Und die Engel schauten bewundernd zu ihm auf.

☆

Inzwischen waren die Männer, Frauen und Kinder wieder in ihrem Dorf angekommen. Diesmal die Männer voran und die Frauen mit den Kindern auf dem Arm oder an den

Rockzipfeln weit hinterdrein. Dennoch war ihnen der Weg trotz seiner Länge viel zu kurz geworden, um alles noch einmal genau durchhecheln zu können, wie es gewesen war, wie es gewesen wäre, wie es sein würde, und ob – – und als – – und so – –

Nein, man fand so leicht kein Ende und stand nun noch in eifrigem Gespräch auf dem Dorfanger beim Gemeindestall beisammen, wobei der Schulze, wie es sich gehörte, das große Wort führte.

Wir können stolz darauf sein, daß unser Dorf an diesem Ereignis teilgenommen hat. Unser ganzes Dorf, betonte er nochmals, und schloß damit eine längere Rede.

Gerade in diesem Augenblick, so als hätten sie nur auf ihr Stichwort gewartet, schnatterten die Gänse los, genau in dem gleichen Tempo und in der gleichen kraftvollen Lautstärke, wie sie den Erzengel Gabriel angekündigt hatten. Dieses Geschnatter war so aufdringlich, daß man es einfach nicht überhören konnte. Was wollte es denn jetzt noch verkündigen?

Oh, es gellte den Dörflern in den Ohren: Es ist ja gar nicht wahr, was ihr da alles erzählt. Es ist ja nichts anders geworden von unserm ersten Geschnatter vor einigen Stunden bis jetzt. Ihr habt ja alles nur geträumt. Alles. Und ganz besonders gut träumt ihr davon, daß das ganze Dorf euer Kind gesehen haben soll. Wir glauben an kein Kind. Hat es vielleicht jemand von uns gesehen? Oder vielleicht die beiden, die uns hüten? Ja, mit solchem Geschnatter hatten sie nicht unrecht. Die junge Frau sprach endlich aus, was auch die andern alle plötzlich mit zwiespältigen Gefühlen dachten: Wir haben ja den Gänsejungen und seine jüngere Schwester, die Marjell, mitzunehmen vergessen.

Ach was, unterbrach der Schulze energisch das betretene Schweigen, aber es war ihm doch nicht wohl dabei zumute, die beiden gehören ja eigentlich nicht so recht zu unserm Dorf, die sind ja nicht bei uns geboren, sondern nur als arme Waisen bei Nacht und Nebel zugelaufen.

Das wollten nun die meisten nicht gelten lassen. Wer für

das Dorf arbeitete, der gehörte auch dazu. Ob da geboren oder aufgefunden oder zufällig dazugelaufen. Also gehörten auch der Junge und die Marjell ins Dorf.

Nein – – Doch – – Nein – – Ja – –

Es kam ein Wortgefecht auf, das dem Geschnatter der Gänse, die auch noch nicht damit aufgehört hatten, nicht viel nachgab. Wir können es nun doch nicht mehr ändern, Schluß!

Das war das Machtwort des Schulzen, der damit amtsgewichtig durch den Schnee zu seinem Haus davonstapfte, und so das Zeichen gab, daß wirklich Schluß und nichts mehr zu ändern sei.

Vielleicht ändert man es doch und schickt die beiden noch über Tag schnell ins Waldhüterhaus, dachte die Schulzin heimlich. Nach außen hin aber folgte sie getreu ihrem Manne. Wozu sie der Einfachheit halber mit ihren kleineren Schritten umständlich in seine Schneespuren stieg.

Es war nicht ganz erkennbar, warum die Schulzin diesen Gedanken faßte, ob aus echtem Mitleid für die um ein großartiges Erlebnis Betrogenen, ob aus purer weiblicher Opposition gegen ihren Mann oder was weiß man warum sonst noch.

Vielleicht kann ich die Kinder nachher mitnehmen, dachte zur gleichen Zeit die junge Frau. Denn daß sie selbst noch einmal ins Waldhüterhaus gehen würde, das stand für sie schon längst fest. Heimlich, versteht sich.

Auch das kleinste Engelchen hatte sich das ganze Gerede aus des Schulzen Stiefel her angehört. Und es war das dritte Wesen, welches den Gänsejungen und seine kleine Schwester dem Jesuskind zuführen wollte. Es blieb nur abzuwarten, wer zuerst von den Dreien sein wohlbedachtes Vorhaben würde ausführen können.

Der Gänsejunge saß derweil im Stall bei seinem Federvieh und wunderte sich nicht wenig über das aufgeregte Gezeter. Dummes Vieh, bemerkte er zu seiner Schwester hin, während er aufstand und seine hochaufgeschossene Gestalt reckte. Dieses Gerecke war jedesmal ein Kunststück. Denn er bemühte sich dabei, seine schon ganz erheblich aus dem Wams gewachsenen Gliedmaßen nicht noch weiter zu entblößen. Dazu war es zu eisig kalt.

Sie werden den noch aufwecken, sagte die Marjell nur und kuschelte sich in die Strohwärme zurück.

Den?

Dieser „den“ lag schon seit geraumer Zeit mit offenen Augen in einer Ecke des Stalles auf dem Stroh und träumte vor sich hin. Was soll ein fahrender Sänger auch sonst tun, wenn er wach ist und noch nicht die Zeit gekommen, zu singen. Der da lag, war nämlich ein Sänger.

War es gestern gewesen, daß er durch den verschneiten Wald in das Dorf gekommen war? Ja, gestern. Und er wußte selbst nicht, warum. Es war nämlich nicht üblich, ausgerechnet um diese Zeit zu reisen. Da blieb man lieber gemütlich hinter irgendeinem warmen Herd und erzählte seine Träume aus dem Sommer und sang die Erlebnisse des Frühlings oder die Hoffnungen des Herbstes. Reisen?

Wie er so dalag, fand er diese Reise wirklich etwas dumm und absolut ungereimt. Ungereimtes war aber nun einmal eine Schande für einen Sänger von seiner Begnadung. – Schande? Das durfte er nun nicht auf sich sitzen lassen. Auch dann nicht, wenn nur er selbst diese Behauptung dachte. Nein, seine Reise war also keine Schande. Der noch fehlende Reim darauf mußte sich eines Tages schon finden lassen!

Nein, diese Reise war gut gewesen. War er in diesem Dorf nicht wirklich gut aufgenommen worden? Hatten sie nicht seinen Liedern und Erzählungen genauso andachtsvoll gelauscht, wie in jedem fürstlichen Hof? Er hätte wirklich nicht nötig gehabt, seine Stiefel gleich wieder zu schnüren und zu wandern. Hatten die Frauensleut nicht mit Versprechungen aus Keller und Kammer verlockt? Hatte ihn nicht die hochverehrte Schulzin ausdrücklich zum Bleiben eingeladen und ihm sogar ein Gericht Schmandschinken verheißen? Und was für Augen hatte sie bei alledem gehabt. Ganz dunkel und geheimnisvoll waren sie geworden. Aber irgend etwas hatte ihn wieder fortgetrieben. Irgend etwas, was nicht zu erklären war. – Dann war der Schneesturm gekommen. So ein richtiges Stiemwetter, das wie ein Schleiervorhang vor den Augen und der Seele hängt. Er war froh gewesen, als er nach der endlosen Wanderung endlich einen Stall gefunden hatte. Doch wer beschrieb sein Staunen, als das erste Tagesgrauen durch die Stallritzen kroch: er war kaum hundert Schritte von seinem gestrigen Ausgangspunkt entfernt aufgewacht. Und er hätte auch bei Tageslicht noch beschwören können, endlos lange gewandert zu sein.

An dieser Stelle vergaß der Sänger zu bedenken, daß er vielleicht im Kreise herumgegangen sei, wie es seine Gedanken so oft zu tun liebten. Aber – ach – was!

Es war gut, hier zu liegen und zu träumen und auf den noch fehlenden Reim zu dieser Wanderung zu warten.

Soweit war der Sänger mit seinen Gedanken gerade gediehen, als der Gänsejunge die Tür aufstieß. Warum? Ach, nur so. Er mußte mal nach draußen schauen in die weiße Pracht.

Es konnte ja auch wirklich niemand wissen, daß das kleine Engelchen draußen vor der Tür stand und mit seinem himmlischen Klopfen Einlaß begehrt hatte. Nein, das konnte auch der Gänsejunge nicht wissen. Er war nur ein leidlich guter Junge, und er tat darum alles, was ein guter Geist ihm einzuflüstern wußte.

Das Engelchen also war zu dem Gänsestall gekommen. Es war gar nicht so einfach gewesen, dem Schulzen zu entkommen. Was heißt, ihm zu bedeuten, daß er die Stiefel ausziehen sollte, damit es hinauskriechen konnte. Wahrhaftig, er, der kleine Engel – wenn auch nur klein, so doch ein Engel! – er hatte die Schulzin zu Hilfe gerufen. Und die hatte auch erst energisch auf die unmögliche Vereinbarkeit von schmutzigen Stiefeln und guter Stube hinweisen müssen.

Nun also hatte der klitzekleine Engel es bis zum Gänsestall geschafft. Wie aber sollte es weitergehen?

Zum ersten Mal in seiner Existenz bedauerte das kleine Engelchen heute, nicht sichtbar werden zu können. Sonst war es ihm immer sehr lieb gewesen, unsichtbar zu sein und unbeachtet vielleicht sogar diesen und jenen Schabernack spielen zu können. Aber diese Angelegenheit hier im Gänsestall wäre einfacher zu erfüllen gewesen, wenn es den menschlichen Augen hätte erscheinen können wie Erzengel Gabriel oder Michael oder vielleicht auch nur wie der Oberengel, wenn der einen ausdrücklichen Befehl dazu erhielt.

Die Obersten haben es eben immer leichter. Er, der kleine Engel, konnte jetzt zusehen, wie er die drei hier aus dem Gänsestall zum Waldhüterhaus auf den Weg bekam. Es blieb ihm nur der Umweg der Einflüsterungen. Und dann durfte er erbärmlich lange darauf warten, ob diese Einflüsterungen wie Gärblasen vom Unterbewußtsein ins Bewußtsein stiegen. Was die Menschen dann mit Ahnung oder Eingebung oder Phantasie oder Traum oder manchmal ganz respektlos mit fixer Idee bezeichneten. Und nur, wenn man Glück hatte, dann taten sie auch danach.

Na, dann flüstere mal gut, gab sich das kleine Engelchen selber mutig den Befehl.

☆

Der Gänsejunge war wirklich ein erstaunenswert aufgeweckter Junge. Er hatte sofort begriffen, um was es hier ging. Nämlich schlicht und einfach um ein Vergessenwordensein bei einem ganz großen Ereignis, das das ganze Dorf anging.

Ich werde einmal bei Gottvater ein Wort von Mann zu Mann reden, gelobte das kleine Engelchen und stemmte seine Flügel mit Nachhilfe seiner Hände in die Hüften, um etwas imposanter auszusehen. Er muß etwas für diesen Jungen tun. Denn es ist gewiß ein Fehler, wenn so etwas in Zukunft nur immer die Gänse hüten soll. So etwas könnte König werden. Oder gar Schulze. Oder sogar ein Sänger!

Mit dieser engelhaften Weisheit bewies der kleine Engel leider, wie wenig er noch von menschlicher Rangordnung und Mächtigkeit wußte. Und es war gut, daß weder Gottvater noch der Gänsejunge ihm zuhörten.

Ich sehe wirklich nicht ein, maulte die Marjell, daß wir bei diesem Wetter wer weiß wohin laufen sollen. Ich weiß überhaupt gar nicht, wie du auf einmal auf diese ausgefallene Idee kommst!

Ein neugeborenes Kind im Waldhüterhaus ist keine ausgefallene Idee.

Es ist eine ausgefallene Idee! Kein vernünftiger Mensch wird in einem Waldhüterhaus geboren.

Es muß ja auch ein besonderes Kind sein. Das müssen wir uns ansehen.

Woher willst du bloß wissen, daß da ein Kind ist? Ist vielleicht jemand hier gewesen und hat es uns gesagt? Oder bist du vielleicht draußen gewesen und hast mit irgend jemandem gesprochen!

Nein. Aber das ist es ja gerade: sie haben uns vergessen! Aber das mit dem Kind, das weiß ich trotzdem. Und daß es ein ganz besonderes Kind ist, weiß ich auch. Weil die Gänse so geschrien haben.

Und obgleich sich der Junge herausfordernd nach den Gänsen umschaute, taten sie jetzt so, als wüßten sie von nichts und schnatterten keinen Ton.

Siehst du, triumphierte die Marjell, die Gänse sind still. Sie wissen also von nichts.

Diese letzte Feststellung der Marjell tat der Gänsejunge mit einem halb mitleidigen, halb verächtlichen Achselzukken ab. Und darin tat er genauso wie alle großen Männer, die sich nicht in die Karten schauen lassen wollen, alldieweil diese keine weiteren Trümpfe mehr enthalten, aber doch in den Augen anderer welche haben sollen.

Die Marjell wußte, daß mit ihrem Bruder nun nichts mehr anzufangen war, wenn er seiner Sache so überheblich sicher tat. Man mußte sich irgend etwas Neues ausdenken, um gegen ihn aufzukommen.

Wir können aber nicht fort, warnte sie nach einer kleinen Pause. Wir können die Tiere nicht alleine lassen. Und so dumm sind die Gänse nicht, daß sie dir in dieses

Wetter hinaus folgen. Also taugt deine ganze Idee nichts!

Ich sage dir aber, wir müssen gehen. Punkt!

Na, also gut. Aber dann mußte sie wenigstens der Sänger begleiten und ihnen seine Lieder singen, damit der Weg nicht gar so gräßlich wurde. Schließlich durfte man wohl etwas von ihm verlangen, da man ihm so freigiebig Obdach gewährt hatte, mitten in der Nacht.

Aber ehe noch die Marjell ihre Gedanken aussprechen konnte, murmelte der Sänger: Ja, geht nur, geht. Ich bleibe schon hier und passe auf. Er hoffte, derweil neue Singeinfälle zu haben. Das Geschnatter der Gänse würde ihn dabei nicht stören. Er war es gewohnt, nicht zuzuhören, wenn ihm jemand etwas vorplapperte, während er sich lieber mit seinen eigenen Gedanken beschäftigte. Ja, er wollte schon so lange hier bleiben, bis ihn seine eigenen Gedanken wieder forttrieben.

Niemand hatte dagegen etwas einzuwenden, wenn die Marjell auch maulte. Selbst das Engelchen fand es so ganz in Ordnung. Woran man leicht erkennen konnte, wie wenig erfahren es nicht nur in irdischen Dingen, sondern auch in der Verkündigung himmlischer Angelegenheiten war. Sonst hätte es nie und nimmer einen fahrenden Sänger, die Zeitung jener Zeit, in seinem Dämmertraumschlaf belassen.

Was sollte man nun aber dem Kind mitnehmen! Soviel wußte der Gänsejunge schon, daß man ein neugeborenes Kind nicht ohne eine Gabe einfach besichtigen durfte. Endlich entschloß er sich, weil er nichts hatte und ihm Besseres auch nicht einfiel, seinen geliebten Storch zu opfern.

Das war wirklich ein Opfer. Hatte er, der arme Gänsejunge, nicht eines Tages den Storch mit hängendem Flügel auf dem Felde gefunden, nachdem schon die ganze Storchensippe davongeflogen war? Hatte er allein ihn nicht gepflegt? Und hatte er sich nicht wirklich unheimliche Mühe gegeben, seinen Besitz zu erhalten? Hatte er nicht den Poggen selbst im eiskalt gewordenen Dorfteich noch nachgespürt, um seinem Storch ein würdiges Mahl zu geben? Und hatte der Storch ihm nicht schließlich aus der Hand gefressen? Was rede ich da, aus der Hand – er fand sogar schon ein Vergnügen daran, dem Gänsejungen diesen und jenen Bissen ganz vorsichtig mit dem spitzen Schnabel zwischen den Zähnen herauszuholen.

Ja, diese Trennung war ein Opfer. Und wer weiß, ob sie dem Storch gut bekam. Aber es gab keine andere Lösung des Problems.

Die Marjell wollte nichts schenken. Nicht einmal den hübschen bunten Strauß aus langen Hahnenfedern, der sie nichts, aber auch gar nichts kostete. Wenn der große Lorbaß, der ihr Bruder war, seinen Kopf durchsetzen mußte, dann sollte er auch die Kosten für die schwesterliche Begleitung mittragen!

So zogen sie denn durch den Schnee. Voran der Gänsejunge, den Storch, so gut es eben gehen mochte, unter dem wärmenden Wams verborgen, und den kleinen Engel gleich einer Kokarde auf dem Mützenrand. Aber letzteres sah ja niemand. Die Marjell stiefelte mit einer erheblichen Flunsch hinterdrein.

Als sie auf halbem Wege waren, begann das Stiemwetter von neuem, das seit der Nacht still gewesen war. Natürlich, schimpfte die Marjell, das mußte ja so kommen! Aber auch das kleine Engelchen fand dieses Wetter wenig erbaulich und verkroch sich mit eng angepreßten Flügeln unter dem Pelzrand der Mütze.

Immer dichter und dichter fielen die Flocken und ließen den seltsamen Zug nur mühselig vorwärtskommen. Dafür liefen die Nasen um die Wette, und man konnte nicht ohne weiteres entscheiden, wer diesen Wettlauf um Nasenlänge gewinnen würde.

Just aber in dem Augenblick, wo der Marjell schon vor Frost und Zorn die ersten Tränen die Backen herunterkollerten und auch dem Jungen Angst und Bange ums Herz wurde, just da stellte Gottvater ihnen das Waldhüterhaus in den Weg.

Aber das war ja gar nicht ihr Waldhüterhaus mehr, das

sie doch ganz genau kannten. Oder hatten sie vielleicht schon einmal dieses sagenhafte Strahlen an ihm gesehen?

Da standen sie nun und schauten und staunten, und der kleine Engel mußte schon eine ganze Schar größerer Engel zu Hilfe holen, ehe er seine Schützlinge weiter zur Krippe in Bewegung setzen konnte.

Übrigens hatte man den kleinen Engel noch gar nicht vermißt. Was ihn nicht wenig kränkte. Wenn er auch kein übergroßes Aufheben von seinem Abenteuer hatte machen wollen, so hatte er doch wenigstens gehofft, mit einer Engellockenlänge Wachstum belobigt zu werden. Gewiß mußte er nun weiterhin als kleinster Engel durch die Himmelsgegenden fliegen. Und welche Mühe hatte er sich gegeben! Ach, es gab keine Gerechtigkeit. Nicht einmal im Himmel.

Nun standen der Gänsejunge und seine Schwester vor der Krippe und wußten nicht, was sie tun sollten. Denn das, was da vor ihnen lag, das war ein Kind und war doch kein wirkliches Kind. Das spürten sie.

Maria lächelte ihnen zu. Vater Josef lächelte ihnen zu. Und auch das Jesuskind. Wahrhaftig, auch das Kind lächelte, was doch sonst Kinder in diesem Alter noch keineswegs taten. Was für ein großes Wunder. Wie sollte man dem begegnen.

Es war der Storch, der alle Probleme löste. Er rutschte einfach unter dem Wams des Gänsejungen hervor, stolzierte einmal im Waldhüterhaus auf und ab und blieb endlich vor der Krippe stehen. Neugierig und mit extra gespitztem Schnabel betrachtete er das Windelpaket in der Krippe. Ganz tief senkte er nun den Schnabel, was fast wie eine galante kleine Verbeugung aussah. Und – ehe die Engel oder der Gänsejunge oder die Mutter Maria ihn daran hindern konnten – hatte er das Jesuskind mit dem Schnabel an einem Windelzipfel erfaßt und trug es vorsichtig und ein wenig schaukelnd umher.

Laß ihn doch, laß ihn doch, wehrte das Jesuskind jauchzend den Erzengel Michael ab, der ihm sowohl besorgt als auch empört zu Hilfe kommen wollte. Laß ihn doch! Nie in meinem Leben werde ich wieder so sanft geschaukelt werden wie von diesem Storch. Weder auf dem Eselsrükken, auf dem ich nach Ägypten werde fliehen müssen, noch von dem Esel, der mich nach Jerusalem bringen wird. Von allem andern schon ganz abgesehen! Ach, laß ihn nur.

Aber da hatte der Storch schon seinen Rundgang beendet und das Jesuskind wieder fein behutsam in die Krippe gebettet.

Jetzt bin ich zum dritten Mal in die Krippe gelegt worden, scherzte das Jesuskind zu den Engeln hin. Paßt auf, jetzt werden sie gleich die Legende daraus machen, daß ich vom Storch gebracht worden bin. Und alle Kinder nach mir werden dann auch vom Storch gebracht werden müssen. Hoffentlich hat es niemand gesehen, der nichts von kleinen Kindern versteht und diesen Spaß nun als Ernst erzählt.

Oh, gewiß nicht, beteuerten die Engel und lachten mit dem Jesuskind um die Wette.

Hierin hatten sie sich nun aber ausnahmsweise einmal alle geirrt. Da hatte sich nämlich gerade eine neugierige kleine Feldmaus durch den Erdboden und einige Strohschichten ins Waldhüterhaus hindurchgewühlt – den direkten Eingang zu gehen, hatte sie der Hunde und Katzen wegen nicht gewagt – und hatte gerade noch das Ende des kleinen Ausflugs mit seinen munteren schwarzen Äuglein erhascht. Und dieses Mäuslein hat nun tatsächlich diese Legende in die Welt hinausgepiepst, und alle Leute haben ihm geglaubt. Weil man halt so einem winzigen Gerücht immer am ehesten glaubt, da an ihm ja vielleicht doch etwas Wahres sein müsse. Und sei es auch nur so ein schwaches Mausegerücht, das sich am liebsten gleich wieder in die Erde verkriechen möchte.

Ja, und so glauben auch heute noch die, die es nicht anders wissen können, daß der Storch die kleinen Kinder bringt.

Die Marjell, die all die Vorgänge mit großen verwunderten Augen verfolgt hatte, sie schämte sich nun doch sehr, daß sie nichts, aber auch gar nichts diesem Wunderkind in die Krippe legen konnte. Gewiß glaubte es nun, daß sie böse sei und geizig und – und – na, und wer weiß, welche häßlichen Eigenschaften noch, die man selber gar nicht kannte.

Dabei war sie doch nur ein ganz klein wenig ärgerlich gewesen, weil wieder einmal der große Bruder den schönen Gedanken hatte haben dürfen und nicht sie. Immer mußte der Bruder in allem vorgezogen werden, weil er größer war, sogar mit seinen Gedanken. Das konnte doch wohl jeder verstehen, daß man sich darüber ärgerte.

Nun schämte sie sich so, daß die Tränen sich gar nicht mehr zurückhalten ließen. Sie kullerten über die Backen und hopsten über die vorgeschobene Unterlippe hinweg genau auf einen Heuhalm, den der Storch ohne irgendeinen Grund in seinem Schnabel vor ihr auf und nieder wippte.

Niemand sah es, wohin die Tränen fielen, außer dem Jesuskind. Und da es genau wußte, warum die Tränen fielen, und es mit großem Mitleid erfüllt war, schickte es schnell eine kleine Eilbitte zu seinem Vater im Himmel.

Gottvater erfüllte gütig den Wunsch seines Sohnes. Und so kam es, daß der Storch plötzlich statt des Heuhalmes und den daranhängenden Tränen eine hellschimmernde Perlenkette im Schnabel schaukelte.

Das war das erste Wunder, das das kleine Jesuskind vollbringen durfte. Und alle, die es erlebten, konnten es kaum begreifen. Am glücklichsten aber war die kleine Marjell. Denn sie fühlte, daß das alles ihretwegen geschehen war. Sie faßte jauchzend den Storch um den Hals und führte ihn zur Mutter Maria, der er die Tränenperlenkette in den Schoß fallen ließ.

Mutter Maria lächelte ihr holdseligstes Lächeln. Aber in ihrem Herzen nistete sich zum ersten Mal auch eine leise Traurigkeit ein.

☆

Nun, findest du es hier nicht wunderbar, fragte der Erzengel das Jesuskind nicht wenig stolz, während sie beide dem Lorbaß und der Marjell zuschauten, die mit glühenden Wangen vor dem Waldhüterhaus an einem riesigen Schneemann bauten. Sie hatten gefunden, daß sie das Jesuskind nun genug betrachtet hätten, und daß es vielleicht besser wäre, nun noch schnell einen Schneemann als treuen Wächter vor das kleine Haus zu setzen, ehe sie wieder zu ihren Gänsen zurücklaufen mußten.

Das Wetter hatte wieder zu stiemen aufgehört. Die Tiere hatten sich bis auf die anhänglichen Spatzen und die Elchkuh mit ihrem Kälbchen alle davongemacht. Die Engel schaukelten sich wieder einmal auf den nahen Tannen und schauten den Kindern vergnügt zu. Der Komet, der noch immer auf der Spitze einer Tanne thronte, und der Mond waren ganz in sich zusammengeschrumpft und schliefen. Nun ja, einmal brauchten sie schließlich Ruhe in ihrem überaus anstrengenden Leuchtdienst.

Das Jesuskind hatte wieder sein winziges Zehchen in den Mund gesteckt und war mit Nachdenken beschäftigt. Es war sogar so sehr beschäftigt, daß es die Äuglein geschlossen hielt.

Erzengel Michael wagte nicht zu stören, obwohl er noch viel auf seinem stolzgeschwellten Herzen hatte. Ist es nicht einfach großartig, wollte er fragen. Man wird sich immer in diese Stille und Geborgenheit zurücksehnen, wollte er sagen. Dein Vater sollte dich hierlassen, seine Weltgeschichte würde viel schöner verlaufen, wollte er auftrumpfen.

Jäh wurde Erzengel Michaels heimliche Schwärmerei unterbrochen. Eben kam die junge Frau atemlos an, umarmte zwischen Schelten und Freude schwankend mit vielen Worten den Lorbaß und die Marjell, die sie schon verloren und umgekommen geglaubt hatte. Dann drängte sie sich an der neugierig zur Tür gekommenen Elchkuh vorbei zur Mutter Maria. Ein bißchen verlegen drückte sie ihr ein großes Bündel in den Schoß – es waren Windeln und warme Tücher darin – legte ihren schweren Wetterumhang ab, schürzte sich den Sonntagsrock hoch und begann, in dem engen Waldhüterhaus herumzuwirken.

Vater Josef versuchte, durch das Strohgeraschel und Geschirrgeklapper und Holzschuhgepolter und Hin- und Hergehusche gestört, die Augen aufzureißen. Was ihm aber in seiner Bärenschnapsschwere nicht ganz gelang. Was tat sich denn nun schon wieder? Er fand es ja sehr ehrenvoll, Vater eines so merkwürdigen, so ganz unirdischen kleinen Kindes zu sein, aber doch mächtig anstrengend bei den fortdauernden Huldigungen, die dem Kind und seinem ihm angetrauten Weibe galten, ihm aber nur die Ruhe störten.

Doch dann spürte er eine angenehme Wärme und schnupperte einen würzigen Duft. Da bekam er Augen und Mund und Herz und Magen zugleich auf!

Auch das Jesuskind schlug wieder die Augen auf und spielte versonnen mit einem Windelzipfelchen, das sich seit eben ein wenig feucht anfühlte.

Sieh nur, sieh nur, wie Vater Josef sich die Lippen leckt, stöhnte Michael und tat das Gleiche. Ich könnte ihn beinahe um die Schmandklopse beneiden, die die junge Frau ihm mitgebracht hat.

Davon verstehe ich nichts, erklärte das Jesuskind und tat so, als wüßte es nicht, daß es noch etwas anderes in der Welt gibt, als nur reine süße Milch.

Erzengel Michael achtete aber nicht darauf. Seine Augen waren schon bei Mutter Maria. Sieh nur, sieh nur, wie Mutter Maria ihren Beetenbartsch löffelt, damit sie wieder frische rote Wangen bekommt.

Und was ist das da? fragte das Jesuskind und wippte dabei mit seinen Füßchen in die Richtung des Feuers, wo ein neuer Topf schmorte.

Man merkt, daß du wirklich noch sehr klein und nicht allwissend bist, neckte Michael. Sonst würdest du wissen, daß das Fleck wird. Fleck ist das Himmelreich meines Landes. Wenn du das ißt – –

Bei mir ist auch ein Fleck, unterbrach das Jesuskind die belehrende Lobpreisung und verzog sein Gesicht. Ich kann aber nicht finden, daß mein Fleck sich besonders himmlisch ausnimmt.

Inzwischen hatte das auch schon die junge Frau entdeckt. Und – ehe Erzengel Michael, dem kindliche Geschäftssorgen unbekannt waren, das Jesuskind begriffen hatte – hob sie es aus der Krippe in den nächstbesten Strohhaufen, drehte es einmal so und einmal so, klatschte ihm anerkennend sanft auf die Hinterseite und wickelte es wieder in neue Tücher ein.

Die Engel, die wieder auf den Balken und im Stroh umherturnten, wollten über diese ungeheuerliche Despektierlichkeit empört sein. Und besonders der Oberengel fächelte über das unhimmlische Gebaren der jungen Frau aufgeregt mit seinen Flügeln. Aber Mutter Maria nickte ihr dankbar zu. Und das Jesuskind strampelte vergnügt mit seinen Beinchen und krähte vergnügt dem Oberengel zu, der vollkommen fassungslos darüber sofort sein Flügelgefächel wieder vergaß.

Dann aber gab sich das Jesuskind dem kleinen Lutschpungel hin, den die junge Frau aus Brot und Honig zubereitet und ihm ins Mündchen geschoben. Bald träumte es davon einen wahrhaft himmelssüßen Traum, während die Engel die köstlichen Reste von Marias Nachspeise, gesüßtem Glums mit Schmand, aus einer kleinen Schüssel und von ihren eigenen zarten Fingern schleckten.

☆

Just um die Zeit, da das Jesuskind in seiner Krippe einschlief und im Traum in den himmlischen Gefilden mit seinem hohen Vater lustwandelte, just um diese Zeit warf der kleine schwarzbraune Kunter, der sonst so gefügig und ausdauernd seinen Dienst versah, seinen Herrn in den Schnee. Und das mitten auf dem Dorfanger. So sehr der Herr auch mit ihm schimpfte, so sehr er ihm gütig zuredete und ihm eine Sonderration Korn versprach, wenn er ihn wieder aufsitzen ließe, nichts konnte den Kunter dazu bewegen, seinen Herrn wieder aufsitzen und weiterreiten zu lassen.

So etwas war dem Memelfischer sein Lebtag noch nicht begegnet. Es blieb ihm nichts anderes übrig, als in eines der Häuser zu gehen, die den Anger umstanden, und die Leute um das Gastrecht zu bitten, bis sein Gaul ausgebockt haben würde.

Wie von selbst lenkten ihn die Schritte in das Haus des Schulzen. Des nämlichen Schulzen, den wir schon kennen. Der zähe Kunter tänzelte seinem Herrn mit wahrhaft vergnügtem Kopfgeschlenker hinterdrein.

Der Schulze freute sich ehrlich über seinen unerwarteten Gast. Er liebte es sehr, Neuigkeiten zu erfahren und wieder von sich zu geben. Er begrüßte den Ankömmling so, als kenne er ihn schon seit Jahren.

Woher der Gast komme?

Nun, geradewegs von der Memel.

So, so, also auf Geschäftsreisen sicher?

Nein, das könne man eigentlich nicht sagen.

Dann also rein so zum Vergnügen. Ja, wer das so haben könne!

Wohin er denn wolle, der Gast?

Ja, das sei es ja gerade, worüber der Memelfischer auch schon die ganze Zeit des Weges sich den Kopf zerbrochen habe. Den Grund seiner plötzlichen Reise hatte er bisher auch nicht finden können.

Es hatte ihn so in der Frühe des Tages angewandelt, auszureiten. Er konnte beim besten Willen nicht sagen, wie. Er hatte sich Hals über Kopf ein kleines Bündel mit Nützlichem und Unnützlichem für eine kleine Reise gepackt. Hatte sich auf seinen Kunter geschwungen, der, ohne einen Hinweis abzuwarten, mit seinem Herrn in wahrer Windeseile fortgetrabt war. Fort von dem großen Strom. Fort von seinem Kahn und den Netzen. Von seinem Geschäft, seinem kleinen Haus, seiner kopfschüttelnden Frau und seinen blonden Kindern. Auf und davon, hinein ins Abenteuer. Und nun also sei er hier und wisse nicht recht, warum.

Der Schulze lachte über diese kurze Erzählung, bat seinen Gast in die große Küche an den warmen Herd und machte ihn mit einem zweiten Gast bekannt.

Dieser Mann, groß, mit verwittertem Gesicht, freundlichen hellen Augen und gebleichtem Bart und Schopf, wühlte sinnend in einem kleinen Häuflein gelben Bernsteins, das er wohl eben dem Schulzen gezeigt haben mochte.

Ach, wohl einer der reichen Bernsteinhändler von der Samlandküste.

Nein, dieser Mann war kein Bernsteinhändler. Es war ein Bernsteinfischer höchstpersönlich, der sich auf seine zahme Elchkuh gesetzt hatte und mit ihr hier haargenau beim Schulzen dieses Dorfes gelandet war. Was ihn hierher getrieben hatte, das wußte er ebensowenig zu sagen wie der Fischer von der Memel. Es war eben so ein Gedanke gewesen. Ein unbezähmbarer, zwingender, alles beherrschender Gedanke, dem man folgen mußte.

Die Männer sahen sich an und schüttelten über sich die Köpfe. Was einem nicht alles geschehen konnte!

Gerade wollten sie sich nun des längeren und breiteren über dieses Problem auslassen, als der Schulze in ein unbändiges Lachen ausbrach, das ihn so gewaltig schüttelte, daß er ganz kurzatmig davon wurde.

Hatte man so etwas schon erlebt? Eben hatte er von seinem sicheren und warmen Beobachtungsplatz am Fenster noch gesehen, wie dieses neumodische Gefährt aus Schlitten, Mensch und Bullen in elegantem Schwung den Bogen des Dorfweges zum Anger hin genommen hatte. Und nun lag da ein Häuflein lebendiges Kleiderzeug im Schnee, während der Bulle mit glotzenden Augen seinen großen Kopf vor der Elchkuh wiegte, die ihm von irgendwoher plötzlich in die Witterung getreten sein und ihn vollkommen verwirrt haben mußte. Die glotzte nun ebensosehr wie der Elchbulle, und wunderte sich über das Unglück, das doch wirklich nur ihr zuzuschreiben war.

Der Schulze lachte und lachte, bis ihm sämtliche Seiten weh taten. Er steckte auch die andern damit an, die ihm nach draußen gefolgt waren, schließlich sogar den gefallenen dritten Fremden.

Sie richteten den Schlitten auf und fragten, wie es sich gehörte, nach dem Woher und Wohin.

Der Fremde zuckte die Achseln und war verlegen. Das Woher könne er ihnen gern sagen. Er sei ein Jagdherr aus den großen Wäldern. Aber das Wohin wisse er selbst nicht. An diesem Morgen hatte er sich zu einer größeren Rundfahrt in seinen Schlitten gesetzt. Plötzlich und ohne eigentlichen Grund hatte ihn eine abenteuerliche Lust ergriffen, einfach so ins Blaue hineinzufahren. Seltsamerweise wäre auch sein Elchbulle, den er sonst nicht dazu bringen könne, einen anderen Weg einzuschlagen als den bekannten Rundweg durch die Wälder, auch sein Bulle also wäre von der gleichen Lust beseelt gewesen. Und so hätte er ihn nun hier in dem Schnee abgesetzt.

Der Schulze sah die drei Fremden der Reihe nach an, riß seine Augen weit auf, wurde dadurch aber auch nicht schlauer. So begnügte er sich mit einem abschließenden Kopfschütteln, ging in seine warme Küche und überließ die drei Fremden ihren eifrig gestikulierten Erzählungen.

Die drei hatten sich wirklich viel zu berichten und zuzuprosten und über diese Häufung von Unbegreiflichem den Kopf zu schütteln. An ihren Gesten sah man, wie erregt die sonst so bedächtigen und besonnenen Männer waren.

Ach, sie konnten ja nicht ahnen, daß ihr Zusammentreffen im Grunde gar nicht so zufällig war. Wenn sie sich auch nicht darüber einig wurden, was ihre Abenteuer zu bedeuten hätten, eines stand bei ihnen fest: sie befanden sich alle drei auf der Suche nach etwas Unerhörtem, Wunderbarem, noch nie Geschautem. Und ebenso stand es für sie fest, daß sie das Ziel ihrer Ausflüge noch nicht erreicht hatten.

Ob das vielleicht sogar ein gemeinsames Ziel war? Der Mann aus den Wäldern und Seen, der vom Samland und dem unendlichen Meer und der von der Memel und der weiten Niederung, die drei Männer legten ihre Stirnen in äußerst ernsthafte Falten, versuchten, über diese Frage gebührend nachzudenken, schauten dabei – von der Unlösbarkeit dieser Frage überzeugt – hilfesuchend in die Gegend.

Da standen vor ihnen der Elchbulle und die Elchkuh, die sich nach allen Regeln des elchischen Liebesspiels beschnupperten. Und es sah gar nicht so aus, als ob die beiden sich jemals wieder trennen würden. Sollte das ein kleines Zeichen des undurchdringlichen Himmels sein, der sich jetzt wieder langsam mit Dunkelheit überzog, obwohl es noch Tag war, und so zu einer Entscheidung drängte?

Sieh da, da kam auch der kleine Kunter einhergetänzelt, schielte herausfordernd nach den Männern, warf seine Mähne spielerisch mal über eine Halsseite, mal über die andere, und machte überhaupt so, als wäre nichts Sonderliches geschehen. Als wundere er sich, warum man hier noch stände, statt dem drängenden Abenteuer zu folgen. Der Kunter scharrte ungeduldig mit den Hufen und gesellte sich zu den großen Elchen. Das waren alles Zeichen, die man einfach nicht übersehen konnte. Und also beschlossen die Männer mit männlich großen Gesten, ihre Reise gemeinsam fortzusetzen.

Der Jagdherr über Wälder und einige Seen – wie er sich nannte – lud den Herrn der Memel und den Herrn des samländischen Goldes zu sich auf den Schlitten. Die Elchkuh ließ sich willig neben den Bullen spannen, und der Kunter würde gewiß ungefesselt hinterdreinstolzieren.

Gerade saßen sie in dem mit vielen Pelzen ausgeschlagenen Schlitten, als der Schulze wieder zum Vorschein kam. Die ganze Zeit hatte er bei seiner eifrig am Herd beschäftigten Frau Schulzin gesessen und nachgedacht, weshalb wohl die drei Fremden sich auf diese absonderliche Art und Weise gerade in seinem Dorfe getroffen haben mochten. Dabei schob er abwechselnd ein Stück Speck, das er von einer größeren Scheibe über den Daumen hinweg abgesäbelt, und einen Bissen Brot in den Mund und mahlte mit seinen Zähnen kräftig darauf herum. So machte er es immer, wenn er nachdenken mußte. Es sah so aus, als zermahle er mit den Bissen auch seine Gedanken so fein, bis ihr Produkt schluckbar war.

Dieser Tag hatte seit seinem dunklen Beginn so viele

Merkwürdigkeiten gebracht, daß man sie wirklich erst langsam zermahlen mußte, um damit fertig zu werden.

Da war ihm nun der Gedanke gekommen, die drei Herren könnten vielleicht auf der Suche nach dem neugeborenen Kinde sein, das auch ihn und das Dorf auf so absonderliche Weise zu sich gerufen hatte.

Ganz aufgeregt, was sonst gar nicht des allvermögenden Schulzen Art war, berichtete er das alles den Fremden. Deren Gesichter leuchteten sofort wie von einem großen Gedanken verklärt auf. Umständlich wollte der Schulze ihnen den Weg weisen. In diesem Augenblick aber erwachte der Komet, richtete sich ein wenig aus seiner verschlafenen Steifheit auf, setzte sich wieder ordnungsgemäß in der Spitze seiner Tanne zurecht und strahlte eingedenk seiner Sendung über das ganze Kometengesicht.

Da, sagte der Schulze, der den aufleuchtenden Kometen zuerst erblickte, dieser Stern da ist die Richtung. Genau der Stern. In einer halben Stunde müßten sie ihn erreicht haben.

Und so folgten denn die drei Herren immer dem Sterne nach, genau bis vor das Waldhüterhaus, dem Ziele ihrer merkwürdigen Reisen.

☆

Da sind sie, da sind sie, stürzte der Oberengel etwas unhimmlisch aufgeregt in das Waldhüterhaus, wo eben Erzengel Michael damit beschäftigt war, die junge Frau sanft und nachdrücklich hinauszugeleiten. Sie hatte bis jetzt nach besten Kräften geräumt, gerückt, gesäubert, gewirtschaftet und Mutter Maria in Liebe umsorgt. Nun aber fand es Michael an der Zeit, sie nach Hause gehen zu lassen.

Sie sind da, trompetete der Oberengel noch einmal und weckte damit das Jesuskind auf, das unter Marias und der jungen Frau Obhut bis dahin sanft geschlummert hatte.

Wer ist da?

Die Heiligen Drei Könige, platzte der Oberengel heraus, verzog sich aber schleunigst mit eingezogenen Flügeln, als ihn Erzengel Michaels strafende Blicke trafen.

Wieso die Heiligen Drei Könige? Sind wir denn schon wieder in Bethlehem? fragte das Jesuskind.

Erzengel Michael tat weiter sehr beschäftigt mit der jungen Frau, statt zu antworten.

Wieso die Heiligen Drei Könige, wisperte das Jesuskind dringender.

Dieser vorlaute Oberengel, polterte Michael los. Er verdirbt mir einfach die ganze Überraschung, die ich dir bereiten wollte!

Ach, machte das Jesuskind, so unschuldig und unwissend es dies nur eben konnte, obwohl es längst alles erraten und durchschaut hatte. Ich bin wirklich ganz überrascht, Michael. Ach was, dieser vorlaute Oberengel hat alles verdorben! Sieh mal, ich hatte mir das so schön vorgestellt, dir hier sozusagen eine Generalprobe für die richtigen Heiligen Drei Könige vorführen zu können. Und nun bist du durch diesen Tolpatsch – –

Aber Michael, du willst doch nicht etwa fluchen, mahnte das Jesuskind, um den Erzengel zu besänftigen.

Ich fluche nicht. Ich lasse nur meinen heiligen Zorn aus mir heraus, meinte Michael mit umwölkter Stirn, und das ist für den Oberengel immer noch leichter zu tragen, als wenn Gottvater ihn ins Gebet nehmen würde! – Ist doch wirklich schade! Du bist jetzt wach, und das macht die ganze Überraschung zunichte.

Willst du, daß ich wieder schlafe?

Doch das Jesuskind und Erzengel Michael wurden enthoben, dieses Problem zu lösen. Denn nun erschallten vor dem Waldhüterhaus die Stimmen aller kleinen Engel: Sie kommen, sie kommen!

Wirklich, da bog eben der großartige Schlitten mit seinen drei Insassen um die letzte Tanne, die sich geschickt zur Seite bog, um nicht angerempelt zu werden, und stand, wie von einem Bremsblock gehalten, plötzlich vor dem Waldhüterhaus still.

Na, weiter, kommandierte der Jagdherr. Aber der Elchbulle schüttelte gelassen sein großes Haupt und wandte sich mit einer zärtlichen Liebkosung an seine Elchgefährtin.

Der Jagdherr wollte ein längeres Hüh und Hott samt ein paar sehr kräftigen Worten ausstoßen. Aber zu seiner Verwunderung kam nur ein sanftes Oh und Ach heraus. Worüber auch seine Mitreisenden sich höchstlichst verwunderten und der kleinc Kunter so ausgelassen wieherte, daß es sich fast wie ein Gelächter anhörte.

Aber all ihr Staunen vergrößerte sich nahezu ins Maßlose, als sie nun das Waldhüterhaus unter dem sauber aufgeschichteten Schneedach erkannten und darin – –

Ein kleines Kind, ein Neugeborenes! stellte der Memelfischer mit einiger Sachkenntnis fest und puffte nach links und nach rechts seine Gefährten in die Seiten. Ein neugeborenes Kind!

Wie Schlafwandler stiegen die drei dann aus dem Schlitten. Ihre Augen unverwandt andachtsvoll auf die Krippe gerichtet. Die machen genau solche Augen wie die Mondkälber, wenn sie einen neuen Stern entdecken, flötete das kleinste Engelchen ganz ernsthaft Michael zu, der gerade den Jubelchor in aller Eile neu anstimmen wollte. Die ganze Stimmerei ging in Gelächter unter.

Es ist eine sehr, sehr schlechte Generalprobe, flüsterte Michael bedrückt dem Jesuskind zu. Ich weiß nicht, wie das mit den drei Königen klappen soll, wenn jetzt schon nichts klappt. Das Jesuskind lächelte in sich hinein: Wenn die Könige morgen auch so voll von dem Wunder erfüllt sind wie diese drei hier, dann wollen wir sehr glücklich sein. Und – – ich bin sehr glücklich, Michael! Setzte das Jesuskind noch ganz, ganz leise hinzu, so daß es nur Michael und die Mutter Maria verstehen konnten.

Da traten der Mutter Maria vor Rührung die Tränen in die Augen. Sie nahm schnell das Jesuskind in die Arme, drückte es an ihre Brust und senkte ihren Kopf, damit niemand ihre Rührung sehen sollte.

Diese innige Geste brachte die verworrenen Gefühle der drei Männer wieder auf die Erde. Als erster besann sich der Memelfischer. Endlich wußte er doch, warum er am Morgen dieses denkwürdigen Tages die zarten Fische, den Kalmus und die Mistelzweige in sein Bündel geschnürt hatte. Gewiß, er sah auch jetzt noch keinen rechten Zusammenhang zwischen den drei Dingen, aber sie eigneten sich vortrefflich als Geschenk. Der Fisch, damit das Kind immer etwas zu beißen hätte, der Kalmus, damit es vor Krankheit bewahrt bliebe, und die Mistelzweige, damit ihm das Leben ewig grüne.

Das alles brachte er nun nicht etwa in großartigen Worten vor, sondern verlegen und mit etwas holpriger Zunge. Er war nicht gewohnt, so große und feierliche Dinge zu reden. Großes reden konnten nur das weite Land und der Strom, von dem er kam, fand er.

Mutter Maria entzückten seine Worte jedoch sehr, wenn sie sie auch kaum zur Hälfte verstanden hatte.

Nun drängte sich der Bernsteinfischer heran. Hier ist Gold, reines Sonnengold! Und er schüttete seinen Bernstein einfach der Mutter Maria in den Schoß. Einige Steinchen fielen dabei dem Jesuskind auf den kleinen prallen Bauch, der dazu jedesmal ein „blups“ machte und das Kind zum Lachen brachte.

Das Kind wird sehr reich werden, sagte der Samländer rauh und laut, und es klang so, als müsse er sich vor einer tobenden See verständlich machen. Ach, auch er war das Reden nicht gewohnt. Da die See doch alles übertönte, hatte er es sich abgewöhnt. Aber dafür konnte er wie ein goldener Sonnenaufgang an der See über das ganze Gesicht strahlen. Und nun wurde er ganz weich und feierlich, während er ein kleines Säckchen feinsten Dünensandes dem Jesuskind in die Hand gab. Das Kind wird ein großer Gelehrter werden, es wird den Sand über seine Schriften streuen und sie damit unauslöschbar und unsterblich machen, und dann – –

Da der Samländer an dieser Stelle beim besten Willen

nicht mehr wußte, wie er in seiner Rede fortfahren sollte, kam ihm schnell der Jagdherr zu Hilfe.

Nun laß mich man auch ran! Aber damit war dann seine Rede gleichfalls schon zu Ende. Schnell hängte er Mutter Maria einen breiten Kragen von wunderbarstem Pelzwerk über die Schultern. Er tat es behutsam und stumm, denn er wußte wirklich nicht, was er bei diesem Geschenk für Zukunftsworte finden sollte. Die ewigen Wälder hatten ihn das große Schweigen gelehrt, aus dem der Reichtum des Herzens und das Sprechen der Gefühle wuchsen.

Das Jesuskind wußte, was in den drei Männern vorging und patschte mit seinen Händen auf den Pelzumhang des Jagdherrn. Da nahm der Jagdherr auch den noch ab und legte ihn über das Kind.

Und das Jesuskind lachte.

☆

Die drei Könige zur Probe saßen noch lange, lange bei dem Kind, das Maria wieder in die Krippe gelegt hatte, brummten ihm ihre etwas schwermütigen Lieder vor, lächelten der Mutter Maria zu und nickten auch zu Vater Josef hinüber, der wie immer etwas verlegen abseits saß. Hin und wieder warfen die Männer Kadickbeeren in das wärmende Feuer, um das sich ein herrlicher Duft verbreitete.

Ganz allmählich dämmerte es draußen. Diesmal nun, wie die Natur es bestimmte. Die Sterne zogen in Scharen die Milchstraße entlang und verteilten sich über den ganzen Himmel. Der Mond war noch ein ganz klein wenig schmaler geworden. Und der Komet leuchtete in überirdischem Glanze.

Wir haben nun nicht mehr viel Zeit, flüsterte das Jesuskind dem Erzengel zu.

Ich weiß, antwortete Michael. In seiner Stimme war eine eigentümliche Traurigkeit. Ich weiß. Und ich möchte gern die Zeit für dich anhalten. Aber es geht nicht.

Sieh, unterbrach ihn das Jesuskind mild, sie schlafen schon alle. Wir dürfen nichts aufhalten.

Da senkte Michael ergeben seinen Kopf und sorgte dafür, daß der Bernsteinfischer, der Memelfischer und der Jagdherr zu ihren Tieren gebracht und – weiterschlummernd und vom Jesuskind träumend – von Engeln sicher nach Hause geleitet wurden.

So, nun sind sie fort, kam der Erzengel zurück. Morgen werden sie in ihren Betten aufwachen. Vielleicht werden sie glauben, geträumt zu haben. Aber ihre Herzen werden dich nicht vergessen. Die Menschen dieses Landes sind sehr treu. Selbst ihren Träumen. Und was sie einmal lieben, vergessen sie nie mehr! Das Jesuskind antwortete ihm nicht. Es lag mit geschlossenen Augen in der Krippe und hatte eine kleine Träne auf dem Bäckchen.

Weinst du? fragte Michael erschrocken.

Nein, flüsterte das Jesuskind, ich weine nicht. Aber ich bin hier sehr glücklich gewesen. Du hattest wirklich recht, Michael, mich hierher zu bringen.

Erzengel Michael wußte außer einem glücklichen Nikken hierauf nichts weiter zu sagen.

Aber nun laß uns zurückreisen, seufzte das Jesuskind nach einer kleinen Pause. Nein, warte, ich möchte noch Abschied nehmen.

Der Erzengel Michael hob das Jesuskind auf seinen Arm und trat mit ihm vor das Waldhüterhaus.

Sieh doch die Tanne!

Eine Weile schaute das Jesuskind schweigend auf die Tanne, in der immer noch der Komet sich schaukelte, und der Mond und die Sterne und die Tannenzapfen, die mit silbernem Sternenstaub überzogen waren und glänzten.

Weißt du, sagte das Jesuskind endlich nachdenklich, jedem Kind pflanzen sie hier einen Baum, wenn es geboren wird. Mir haben sie wegen der Schneezeit keinen pflanzen können.

Michael war diese Feststellung etwas peinlich. Endlich faßte er sich: du hast dir selbst den allerschönsten Baum gesetzt. Er zeigte auf die strahlende Tanne. Oder glaubst du, daß irgendein Kind in der weiten Welt solch einen Baum bekommt?

Da kuschelte sich das Jesuskind in die dunklen Locken von Michael hinein. Du mußt nicht glauben, daß ich traurig war, murmelte es. Ich weiß ja, daß ich hier auf Erden noch etwas anderes sein muß, als nur Mensch, und – –

Da kommt noch ein Besucher, unterbrach Michael schnell und nickte zum Waldrand hinüber. Tatsächlich. Da löste sich ein menschlicher Schatten aus dem Dunkel, der mit verzücktem Gesicht auf den Tannenbaum zuging. Dieser Schatten war niemand anders als der Sänger, den das kleinste Engelchen an der Hand führte. Dem Engelchen hatte es keine Ruhe gelassen, daß da im Dorfe noch jemand weilte, der die heilige Stätte noch nicht gesehen. Also hatte es diesen beschwerlichen Weg zum Gänsestall noch einmal gemacht.

Ein Wunder, flüsterte der Sänger wie berauscht, ein richtiges Wunder!

Er hat dich erkannt, flüsterte Michael ehrfurchtsvoll dem Jesuskind zu. Er ist der erste, der dich wirklich erkannt hat.

Das Jesuskind schwieg dazu. Es wollte Michael seinen glühenden Glauben an die Menschen nicht nehmen. Das Jesuskind aber wußte, daß der Sänger nicht seine göttliche Person mit dem Wunder meinte, sondern die strahlenerblühte Tanne. Immerhin war der Sänger der erste, der von einem Wunder redete. Und er würde es weitersingen. Das war schon viel.

Ja, sprach das Jesuskind schließlich seine Gedanken aus, ich habe mir selbst einen Baum gegeben. Glaubst du, daß die Menschen einmal immer einen so herrlichen Baum wie diesen haben und sich meiner erinnern werden?

Nein, sage nichts, wehrte es Michael ab, der in eine große Beteuerung ausbrechen wollte. Sage nichts. Ich weiß, daß es sehr lange dauern wird, bis ich in die Herzen der Menschen werde Einlaß finden. Ich weiß, daß es noch länger dauern wird, bis sie sich an diese Tanne erinnern werden. Sie wird sich über die ganze Welt ausbreiten. Aber ich weiß auch, daß die Menschen dann nur noch ihr Äußerliches sehen werden. Ihre Berufung und mich werden sie vergessen, wenn meine Tanne am strahlendsten geworden sein wird.

Ich glaube, versuchte Michael zu lachen, ich glaube, du bist traurig, weil du von hier fortmußt. Ich habe dir ja gleich gesagt, daß dieses Land niemand losläßt, der es einmal liebgewonnen hat.

Vielleicht, antwortete das Jesuskind, vielleicht ist es so. Aber ich kenne die Menschen, fügte es für sich hinzu. Und nun laß uns weiterreisen, Michael. Unsere Zeit ist um. Verteile die Geschenke, die die Menschen mir gebracht haben. Daß ich mich ihnen heute geschenkt habe, das haben sie doch noch nicht verstehen können. Also muß ich erdhafte Dinge an sie verteilen. Und das sollen sie immer an meinem Geburtstag untereinander tun. – –

Danach schwang sich Michael mit dem Jesuskind auf dem Arm, mit Mutter Maria und Vater Josef in seinem weiten Mantel verborgen, wieder in den Himmel. Noch einmal flog er in großem Bogen um diese auserwählte Stätte ihrer Rast. Der Tannenbaum strahlte. Es war wunderschön, Michael, seufzte das Jesuskind. Ich werde meinen Vater bitten, daß er dieses Land und diese Menschen nie verläßt, was auch immer geschehen mag. Ich habe sie sehr lieb.

Erzengel Michael drückte das Jesuskind überglücklich an sich und wagte es, einen Kuß auf seine kleinen rosigen Lippen zu drücken. Es ist ja auch mein Land, stotterte er vollkommen verwirrt. Worauf das Jesuskind lächelnd die Augen schloß.

☆

Nun war alles wie ein froher Spuk vorüber. Das Waldhüterhaus lag wieder still und etwas verträumt unter seiner Schneedecke da, bereit für die Tiere. Die Elchkuh stand an der Krippe und fraß von dem Heu, auf dem das Jesuskind gelegen, und fand es köstlicher als alles Heu bisher in ihrem Leben.

Die Dorfbewohner lagen in ihren warmen Federbetten

und dachten noch einmal an das wundersame kleine Kind, ehe sie es unter ihren anderen Träumen vergaßen.

Der Gänsejunge und seine kleine Schwester hatten ihren Gänsen alles erzählt, würden diesen Tag aber in einer Woche oder spätestens im Frühling auch wieder vergessen haben.

Die junge Frau träumte von einem kleinen Kind, das aber ihr eigenes war.

Ja, es war alles so, wie es immer war. Sogar der Storch war wieder in die sichere Obhut des Gänsestalls zurückgekehrt. Es war alles auf seinen eingefahrenen Weg zurückgekehrt.

Aber nein, die Tanne strahlte noch immer in Silber und Gold und himmlischem Licht. Der Komet hatte wiederum ein kleines Stückchen von seinem Schweif abgebrochen und es einem lieblichen kleinen Stern angeklebt, von dem er bemerkt hatte, wie sehr er ihn und sein strahlendes Leuchten bewundert. Nun war der Komet dem Jesuskind gefolgt, und an seiner Stelle strahlte jetzt stolz und sich selbst in seinem neuen Staat bewundernd der kleine Stern in der Tanne. Das Ganze war wohl wieder ein kleiner Betrug, würde aber selbst von Gottvater nicht so streng genommen werden. Wenigstens hoffte das der Komet, während der kleine Stern in seiner Blendung überhaupt zu keiner eigenen Meinung kam.

Die Äpfel und Nüsse, die die Engel übermütig an die Zweige gehängt hatten, ehe sie im brausenden Chor dem Weg des Erzengels mit dem Jesuskind folgten, schaukelten sich spielerisch in der Tanne. Selbst die Tränenkette der Marjell hatte ihren Platz darin gefunden, und der kleine Engel, der müde von seinen großen Abenteuern auf einem Zweig eingeschlafen war, hielt sie zärtlich fest.

War der kleine Engel wieder einmal vergessen worden? Aber nein! Daß er im Lebensbaum des Jesuskindes ruhen durfte, das war eine ganz große Auszeichnung für das kleinste Engelchen, und gewiß mehr wert, als alle Beförderungen zu einem großen Engel.

Bei dem Tannenbaum aber saß der Sänger und träumte,

angelehnt an den schneemännischen Wächter, mit sehnsüchtig großen Augen von Licht und Glanz und grüner Ewigkeit, von Wald und See und Dünen und einem kleinen Kind, das über das Land schritt und lächelte.

Er träumte vom Jesuskind in Ostpreußen.